《〈雷雨〉与曹禺》编委会

主　编：鲍国之　耿发起
副主编：刘凤山　吴裕成　王海冰　李红霞
编　辑：王振良　周东江　彭　博　霍春光
　　　　陈　颖　朱孝兵　关宝利　秦　帅

今晚丛书
JINWANCONGSHU

《雷雨》与曹禺

鲍国之　主编

天津出版传媒集团
天津古籍出版社

图书在版编目(CIP)数据

《雷雨》与曹禺 / 鲍国之主编. -- 天津 : 天津古籍出版社, 2014.8

(今晚丛书)

ISBN 978-7-5528-0248-1

Ⅰ. ①雷… Ⅱ. ①鲍… Ⅲ. ①曹禺(1910 ~ 1996)—话剧—戏剧文学评论②曹禺(1910 ~ 1996)—人物研究 Ⅳ. ①I207.34②K825.6

中国版本图书馆 CIP 数据核字(2014)第 082056 号

《雷雨》与曹禺

鲍国之 / 主编

出版人 / 张玮

*

天津古籍出版社出版

(天津市西康路 35 号　邮政编码:300051)

http:// www.tjabc.net

今晚报社印刷厂印刷

全国新华书店发行

开本 787 × 960 毫米　1/16　印张 13.25　字数 180 千字

2014 年 8 月第 1 版　2014 年 8 月第 1 次印刷

ISBN 978-7-5528-0248-1

定　价: 39.00 元

序

鲍国之

近代百年天津文化的星空,如果没有曹禺,会显得黯淡很多。

近代百年看天津,看点非常多。无论是政治、经济、文化、社会以及东西方文明融合等,无不闪耀出夺目的光芒。走进近代百年天津的历史隧道,您还会发现这里曾诞生过一批在中国现代文坛颇具影响力的巨匠大师:曹禺、穆旦、辛笛、靳以、焦菊隐、刘云若、还珠楼主、宫白羽……曹禺就是其中影响力最大的一位,他的经典作品《雷雨》,改写了中国话剧的历史。

曹禺1910年在天津出生,先后就读于南开中学、南开大学和清华大学。他中学时代就开始尝试舞台演出,大学时翻译改编外国剧本。在河北区民主道的家中,他开始构思《雷雨》,后来在清华大学完成了这部剧作。关于曹禺与天津的关系,著名话剧史家田本相先生有过一段精彩的论述:"他在天津既深切地感受着中国的艺术传统,又在全国一流的南开中学,受着现代的科学教育和西方文明的熏染。而张彭春亲自把从西方带来的西方话剧的文化传授给他。在易卜生的剧本中,在最现代的表导演的演练中,吮吸着西方的文明。所有这些,造成了他特有的为海河文化所熔铸的独到的视界,以他独到的眼光和心灵,感受着他的家庭,他的周遭的人物,才有了《雷雨》和《日出》。不要小看了这些,它综合起来,就构成海河文化特有的内涵、气氛和气派,曹禺就是吮吸这些海河文化的乳汁,浸染着它的氤氲,接受着它熏陶,而熔铸成了他的创作基因。只要你是一个天津人,你就会在他那些似乎十分洋气的剧本中,嗅到其中沾着盐腥的海河水的味道。不信,你细细地慢慢地品来。”

《雷雨》剧本写于1933年夏天,1934年7月发表在郑振铎、靳以主编的《文学季刊》第一卷第三期。1935年4月27日至29日,日本东京的中国留学生以中华话剧同好会的名义,在东京神田一桥讲堂演出《雷雨》,这也是学界普遍认可的《雷雨》首次公演。同年8月17日和18日,天津市立师范学校孤松剧团在学校礼堂演出《雷雨》(导演吕仰平),在国内引起强烈的反响,《益世报》辟出专刊予以推介,《大公报》也发表多篇关于《雷雨》的评论。同年10月13日,中国旅行剧团在天津新新影戏院公演《雷雨》(导演唐槐秋),这也是第一次由职业剧团演出《雷雨》。1936年,中国旅行剧团除了在天津新新影戏院,又在上海卡尔登大戏院、南京世界大戏院、汉口明星影戏院演出了多场《雷雨》,均引起轰动。全国各地剧团亦纷纷排演,据统计,到1936年底共上演五六百场之多。是年,《雷雨》还被拍成无声电影上映。此后,《雷雨》风靡全国,至今仍常演不衰,而且还被改编成沪剧、评剧、评弹、粤剧、黄梅戏等其他剧种,成为名副其实的经典之作。

2004年,今晚报社曾与河北区政协、天津市文联共同主办了“曹禺与天津”征文,活动结束后结集出版了《曹禺与天津》,作为“今晚丛书”之一。2013年适逢《雷雨》问世八十周年,天津市委宣传部牵头举办了系列纪念活动,其中天津曹禺故居纪念馆和今晚报社副刊部主办的“《雷雨》与曹禺”征文,是其中的一项重要活动。这次征文更侧重于《雷雨》这部经典戏剧,同时与曹禺有关的文章亦在征集范围之内。

活动开始后,得到社会热烈响应,半年多来,研究现代文学的学者、天津文史专家、参与过《雷雨》演出的艺术家们纷纷撰稿,多层次、多角度地讨论了《雷雨》这部经典戏剧,大都发前人所未发,史料充实,新见迭出;同时,讲述了与《雷雨》演出有关的故事,尤其是一些细节,补充了历史宏大叙事中所未曾纳入的部分,也颇为珍贵。此外,我们也收到一些关于曹禺及其家事的稿件,选择部分予以发表,填补了学术空白,希望能为今后的研究者提供参考。天津大学退休教授、曹禺先生的侄子万世雄先生,2012年在今晚副刊的"星期文库"栏目发表过一组题为《曹禺与天津万家》的回忆文章,由于这组文章颇具史料价值,故而将此组文章编入这本征文集中。

今年7月,是《雷雨》公开发表八十周年的日子。这本集子的出版发行,也是我们对曹禺这位天津走出的戏剧大师的纪念!

2014年2月

目录

《雷雨》在这里诞生

郑 秀

20世纪30年代的清华是一所综合性大学，被誉为“最高学府”。30年代历届毕业同学中，群星灿烂，炫人眼目。其中，1933级西洋文学系毕业的万家宝（号小石，笔名曹禺）就是其中一员。关于万家宝，我本不便谈论。当初万家宝在与我相处的一段日子里编写了他的处女作《雷雨》一剧，虽然时间已过去半个世纪，我与他分手也已三十多年了，然而当年（1933年夏季）我陪伴他在母校图书馆西文阅览室，他奋力笔耕的情景仍深深留在我的记忆里。如今，我已年逾古稀，年前大病初愈，我们的两个女儿——万黛和万昭再三敦促，要我写点有关她们父亲当年创作《雷雨》《日出》《原野》《蜕变》《北京人》等剧本和改编《家》的写作情况以及鲜为人知的生活轶事，留作纪念。为此，我如实地追述于下。

全明星版《雷雨》剧照

当年万家宝年仅二十三岁，但他有理想、有抱负、有坚定的自信心。他勤读西洋文学、古今名著，兼学英、法、德、俄四国语言，但有所侧重。从中学时代起他就开始剧本写作与笔译的业余训练，并多次参加南开、清华两校话剧演出实践。他平日注意观察和积累生活中和周围人物典型及素材的收集,为嗣后创作储备了丰富的题材和资料。此外,他对自己的手稿反复琢磨,悉心修改,极其严谨的写作态度,也有助于他走上成才、成功之路。

1933年初夏,局势十分险恶,北平岌岌可危,学校当局决定提前放暑假,免除应届(1933级)毕业生期末考试,以全年平均分数评定毕业成绩。顺便一提:同年春,经1933级原南开中学几位爱好话剧的同学再三约请,我与万家宝、孙毓棠两位同学合演了翻译的近代英国杰出的批判现实主义作家约翰·高尔斯华绥创作的三幕话剧“The first and the last”,这出戏揭露了资本主义金钱世界在标榜文明与发达的旗号下隐藏的罪恶本质。在校园内同方部小礼堂连演三场,获得好评。从此我与万家宝由相识而相知。我们约定,暑假他不回津,留校着手写剧本;我征得家长同意,不回南京,留校复习功课,准备秋季开学后参加考试。

六月初暑假开始了,在图书馆西文阅览室大厅的东北边,靠近借书台的长桌一端对面两个座位是我们固定的座椅。上午八时至十二时,下午二时至六时,晚上七点半至十时开馆时间,我们从不缺席。毕竟是暑假,来馆阅读的同学不多,阅览室内外,非常安静。每走进阅览室就座后,我们有时悄声说一两句话,就各自做事。我阅读教科书、课堂笔记和教师指定的参考书、笔记本,他翻阅自己的手稿和剧本素材;他时而用手轻轻敲自己的脑袋,时而不由自主地用手抚摸右耳边的“拴马桩”,每当他想不出如何处理剧中关键情节或忽然“灵感来潮”时,就狠狠地掀一下那个小疙瘩——友好的同学给它起名叫“灵感球”。我早已注意到他这“怪癖”,每当他发愣、苦思苦想时常常求助他的“灵感球”。

一天下午,我们提前走出图书馆,太阳的余晖正映照在馆外红色墙上,使园景更加绚烂夺目,我们信步走出不远,就在一株大柳树下蜷膝而坐,两旁丛簇着盛开的玫瑰,我们默默相对,蓦然间他用右手指着自己的头对我说:“颖,中国的头脑在这里!”我很快就领会到他指的是“创作中国自己话剧的头脑”。也许有人认为一个年仅二十三岁的普通大学生,居然敢说出这样自负的大话来,未免太狂妄了!但如果从历史背景看不难了解,20 世纪初,话剧刚刚从西方传入我国,作为一个新剧种开始步入中国戏剧舞台。老一代话剧作家如欧阳予倩、田汉、熊佛西、丁西林,以及后来的洪深、李健吾、陈绵等前辈,他们都按西方话剧形式撰写或翻译剧本。由田汉先生在上海创建的“南国社”和由天津南开大学教授张彭春先生创立的“南开剧团”,在上海、天津、北平等城市演出,促进了新兴的话剧运动迅速发展,对唤起我国人民,特别是青年们的觉醒和促进东西方文化交流起了很大作用。然而,洋为中用,地道的中国话剧尚未诞生。小石当年作为一个青年学生,可贵之处在于他有坚定的自信心,他深信自己能写出优质、地道的中国话剧剧本来。

他开始创作《雷雨》前,首先将在南开中学、大学时期和二年级转入清华大学西洋文学系后苦心钻研的西洋戏剧理论与西方名家的代表作品,远溯希腊悲剧与 16 世纪英国戏剧大师莎士比亚的名著,直迄近代挪威名家易卜生的作品以及美国现代剧作家尤金·奥尼尔的代表作,都一一浏览,结合自己多次演出实践,予以回顾,以便从中汲取营养和借鉴。有殷实的基础,加上他的勤奋与努力,他完全有能力实现自己的理想,而不是“狂妄”。

长春电影学院导演系 1963 年实习演出《雷雨》海报

从此,在暑假前一阶段,无论我们在走向图书馆校园的小路上或去园外小河畔散步,他总是抱着厚厚的一大摞《雷雨》的提纲、草稿,还有分幕表、舞台设计草图以及剧中人物性格描绘分类卡片等。在散步途中他不时从他所积累的素材中,有声有色地给我讲述全剧的内容和剧中各个人物的性格、特点;更重要的是谈论他编写此剧的目的,那就是要用他的笔揭露旧社会的黑暗和因旧礼教、封建的邪恶势力所造成许许多多的人间悲剧!剧的结尾预示着隐隐闪现的希望的曙光。

当讲到剧中主要人物周朴园时,他忽然收敛起笑容,用轻鄙的目光看一下人物性格描绘卡,咬一下牙关,叙述他童年时代,家中来客中出现过像周朴园这样一个自诩身上沾有"日耳曼民族优越感"、自命不凡的老留德学生出身的大企业家Z董事长的形象。他说他塑造的周朴园及其一家人的悲剧并非Z董事长一家的真人真事,有的地方夸大,有的人物是虚构或影射其人,但周朴园与Z董事长都有共性,那就是浓厚的封建意识和剥削工人以肥己的资产阶级思想与行为。周朴园狂妄自大,唯我独尊,在他看来,他的妻儿是他的"财产",是他的附属品。因而对他只能唯命是从,不可丝毫悖抗。在对待婚姻问题上,他门第观念根深蒂固,迫害女性。作为大资本家,他可谓老奸巨猾,诡计多端,残酷地剥削、压迫矿工。总之,周朴园是作者笔诛的第一号人物。

他对另一重要人物——蘩漪则寄予无限同情,说他最喜欢蘩漪的性格,说他给她起名叫蘩漪,是为了体现她坚强、刚毅而复杂的性格,深邃而美好的内心世界;说她诚实,绝不虚伪;她懂得恨,更懂得爱,她发誓要生活在充满爱的世界里,和她挚爱的人永远永远生活在一起……他说自己写着写着,不觉迷上了她。

曾经看过《雷雨》草稿的他的好友S同学告诉我周冲就是小石童年时代的影子。有一天我问他童年时代是否曾有过虚无缥缈的幻想——大海……白帆……像周冲那样?他听了迫不及待地申辩:"别信他瞎说,那不是我!"我见他真急了,连忙说:"我有意逗逗你,让你休息一下脑筋,放松放松,何必认真!"说完,我们相对大笑起来。那晚上我们走出图书馆时已近九点半,沿路边走边谈,当走近荷花池畔时,听见池畔小山上的钟响了十下，我们在山石上小坐一会儿，就站起来掸了掸衣裤上的浮土，深吸一口晚风吹来荷花散发的清香，他送我到静斋门口，才缓步向二院宿舍的方向走去。

每晨，当我们在阅览室坐下，他打开稿件纸袋，取出《雷雨》的手稿和素材，只见张张稿纸上划满了红、蓝色的杠杠道道和修改的字句时，就知道头天夜晚他又开夜车了，有时是整日整宿修改叙文和对话。改到关键的对话，他就对着一面挂镜，独自对镜用模拟剧中人不同的口吻和声调（男女老幼角色兼有），一遍、两遍，乃至几十遍，不满意，就一改再改，直至自己认为较为满意为止。看到这些，我为之折服，并鼓励他说："人家都夸你'神'，我也看出你在剧作方面确是才华横溢，你一定能写出许多好剧本来！"他严肃地回答说："即使有三分'天才'，也要十分努力啊！何况我很笨，写东西很慢，很费劲，算什么'天才'？"我开玩笑说："那么我就叫你'笨才子'吧！"不过这次他并不反对我这样称呼他，只是不在人前跟他开玩笑而已。接着他满怀坚定的信念说："我要写下去，我有信心能写出比较满意的作品来。"就这样，他写了又改，改了又写，从6月初到7月底，近两个月的暑假，他撰写并整理出《雷雨》的草稿。8月初北平郊外战云渐退，城内气氛日趋缓和，月初某一周末他回津探母，我进城到好友贺恩慈家度周末后同回清华园，他继续整理修改草稿，8月底完成初稿。1933年深秋，第一部具有中国特色的话剧剧本《雷雨》在清华园诞生了。当时他是清华大学研究院（即现在的研究生院）的研究生。

1934年春由小石南开中学时代的挚友章方叙（笔名靳以）介绍，结识甫自法国归来的文学大师巴金先生，巴金先生十分赏识小石的才华，经他和靳以多方设法，避开国民党反动文艺政策的重重封锁和禁令，于1934年春季，在他们创办的《文学季刊》第二期起陆续刊登《雷雨》四幕剧本及序言、尾声。同年年底由我国留日学生在东京公演该剧，受到旅日侨胞和日本文艺界友好人士的欢迎和好评，并承日本文坛名宿秋田雨雀先生著文高度评价。（编者注：关于《雷雨》的发表及在日本的演出情况,作者记忆有误。)1935年初由旅法文化人唐槐秋先生组成中国旅行剧团(简称中旅),招聘名演员,冲破种种困阻,在天津当时的"日租界"首次演出,大受欢迎,连演十数场,盛况空前。其后该团先后在国内各大城市相继演出百余场,久演不衰。从此《雷雨》走红十余年,新中国成立后仍不断在各地上演,并拍成电影及电视剧。

1936年春,巴金先生赠精装《雷雨》《日出》两剧本的首版各一册,每册封面镌有小石亲笔签署"给颖如 家宝"字样上下款的烫金手迹。有关小石写作部分手稿和国内外报刊评论剪辑以及剧照等文物资料,不幸在十年动乱中丧失殆尽,而这两册精装的首版剧本却奇迹般被保存下来,因此,我愿将之奉献国家。

作者郑秀,曹禺第一位妻子,1951年与曹禺离婚,1989年10月去世。此稿写于1987年。

文稿提供:万昭(曹禺与郑秀女儿)

他在这里写下《雷雨》

何 玉

1933 年暑假，二十三岁的清华大学应届本科毕业生万家宝，也就是后来著名的戏剧家曹禺，写出了他的处女作《雷雨》，创作地点就是在清华大学图书馆。八十载世事变迁，关于曹禺先生写作《雷雨》时的座位，在人们的传诵中似乎变成了一个谜。

曹禺 1984 年在《“水木清华”与〈雷雨〉》中曾深情回忆道：“我怀念清华大学的图书馆，时常在我怎样想都是一片糊涂账的时候，感谢一位姓金的管理员允许我，进书库随意浏览看不尽的书籍和画册。我逐渐把人物的性格与语言的特有风味揣摩清楚。我感激‘水木清华’这美妙无比大花园里的花花草草。在想到头痛欲裂的时候，我走出图书馆才觉出春风、杨柳、浅溪、白石、水波上浮荡的黄嘴雏鸭，感到韶华青春，自由的气息迎面而来……我像个在比赛前的运动员，那样忙迫紧张，从清晨赶到图书馆，坐在杂志室一个固定的位置上，一直写到夜晚十时闭馆的时候，才怏怏走出……人像是沉浸在《雷雨》里。”在曹禺的回忆中，他是在“杂志室”完成写作的。可是，当我们翻到当年陪他一起来图书馆上自习的女友郑秀的回忆时，情况却有所不同：1933 年“六月初暑假开始了，在图书馆西文阅览室大厅的东北边，靠近借书台的长桌的一端对面两个座位是我们固定的座椅。上午八时至十二时，下午二时至六时，晚上七点半至十时开馆时间，我们从不缺席”（郑秀《〈雷雨〉在这里诞生》）。从这段话中可以看出，郑秀认为当年曹禺是在“西文阅览室大厅的东北边”进行写作的。

《雷雨》诞生的位置(孟新民 摄)

清华大学阅览室一隅

为什么一起上自习的两个人，对于同一个地点的回忆会有两个版本呢？

清华大学图书馆自第一期建筑1919年竣工后，图书越来越多，书库已不敷使用。人数较多，阅览室亦觉狭小。于是，1930年3月，在罗志希校长的主持下，图书馆二期开工，1931年秋竣工。竣工之后，计划对馆室进行调整："原馆之办公室，则移至中部，西文阅览室，移至西部。而以原有之西文阅览室，改为杂志阅览室云。"(洪有丰《二十年来之清华图书馆》)终于，我们发现了西文阅览室与杂志阅览室的交叉。正是由于馆室调整，给当事人带来了不同的回忆。

曹禺当年是在一阅（现人文社科阅览室)的东北角，靠近如今的人文社科阅览室出纳台对面的一个长桌对面完成《雷雨》写作的。当然，时隔多年，桌子已不是当年的桌子，椅子也不再是当年的椅子了。

1985年金秋的一个傍晚，落霞映照着美丽的清华园，时年七十五岁的曹禺回到了阔别五十余年的母校。他走到这张靠近借书台的长桌旁，轻轻抚摸，久久不语，慢慢地坐到当年曾坐过千百次的椅子上，提笔写下《雷雨》中的周朴园、蘩漪、四凤等人的名字。他在追忆已逝的年华。

《雷雨》与《文学季刊》

章洁思

1933年的北平，一位二十四岁的年轻人，怀着献身文学的抱负，租下北海南门外东侧三座门大街十四号的前院，名为“章宅”。这位年轻人受托于北平立达书局，开始筹备大型文学刊物《文学季刊》。

1933年的清华大学，一位二十三岁的年轻人，在饱览外国名著尤其是著名剧作后，萌生强烈的写作欲望。他以儿时家中的点滴经历，以及川流身边的芸芸众生，构思剧本《雷雨》，提笔而不能放下。

这两位年轻人，是从小的好友。他们的家，都在天津。十二三岁的年纪，他们在南开中学的校园里邂逅，相交，遂换帖结成兄弟。他们一同读书演剧，编辑校刊，游戏玩耍。每当周末返家及寒暑假，两人仍旧形影不离。位于天津昆纬路的章家大宅，是后者童年的乐土。因为章家兄弟姐妹众多，因为章家的父母慈爱，因为那里没有他自己家中的鸦片气味，更没有白天终日拉着窗帘的阴暗房间……

充满阳光的章家，以温暖的双臂接纳了家中大哥的好友，这位大哥就是章方叙（靳以），他的把兄弟就是万家宝（曹禺）。

中学毕业，两人南北一方。章方叙就读上海复旦大学，万家宝则考入北平清华大学。

故事仍旧回到1933年。

章方叙进入复旦商学院读书后，仍然不能放下自己的文学爱好，大学时代就开始在《语丝》《小说月报》等刊物发表诗作及短篇小说。此时的他，已经以笔名“靳以”成名于文坛，并出版了《圣型》。三座门十四号

“章宅”,不仅是他创办《文学季刊》的编辑部驻地,还因为年轻气盛,不久又与朋友一起编了个纯文学月刊《水星》。

在这个小小的院落,靳以邀来诗人卞之琳与他同住,他们当年在三座门屋内的一幅合影,充满诗情画意。喜爱音乐的卞之琳,从国外带回一架手摇留声机,就在这个小小的院落,南来北往的年轻文友聚拢一起,摇着机器,听着音乐,种着花草,编着刊物,写着文章,文学的梦在这里延伸。据卞之琳《三座门大街十四号琐忆》所记,“还在清华大学读书的万家宝和他未婚妻郑秀也常来此串门”。有时候聊天晚了,他们这一群还会跑到毗邻的北海公园。常去的是五龙亭,在亭内喝茶,有时兴起,还会跳到水里游泳。

这是一群胸怀抱负、精力充沛、青春光芒四射的年轻人。

1933 年 6 月,万家宝正值毕业前夕,一个暑假他都在埋头写《雷雨》,让郑秀陪着他。同年 8 月底剧本写毕,他把稿子拿到三座门去给靳以,因为他知道靳以正在筹办《文学季刊》,并将于翌年 1 月创刊。

《文学季刊》的主编是靳以与郑振铎。郑振铎当时是燕京大学教授,靳以担心自己年轻,不能胜任如此大型刊物的编辑而特地把他请来。一个寒冷的冬晚,靳以、万家宝、陆申,三个好友相约奔到燕京大学郑振铎住处。因为当时与郑尚不相熟,所以由靳以一人进门,其他两人等在门外。没想到谈话非常顺利,时间也不由得拉长,这可苦了在寒风中等待的万家宝和陆申,待到靳以谈毕出来,两位好友正在门外不停地跺脚。

《文学季刊》第一卷第三期

《文学季刊》1934 年 1 月 1 日如期创刊,由靳以、郑振铎合编,巴金、冰心、李健吾、李长之、杨丙辰任编委。而从一开始起,就说定所有具体工作均由靳以承担。

虽则靳以承担所有具体工作，但稿件刊用绝不能由靳以一人说了算。朋友归朋友，工作归工作，何况还有把兄弟这层关系。编委有分工，负责剧本的是李健吾。“曹禺与靳以不仅是好友，而且是换帖的兄弟。靳以看了《雷雨》以后，又送给别的编委看。由于意见不完全一致，靳以又不愿意退稿，所以放在抽屉里。当时，巴老正好到北京去看望沈从文，和靳以一起住在三座门十四号《文学季刊》社里，并认识曹禺。一次，巴老和靳以商谈如何进一步为刊物组稿，靳以谈到《雷雨》，巴老便要来看。巴老一口气把《雷雨》读完，几次流了眼泪，推荐给《文学季刊》发表。”（李致《巴金与〈雷雨〉》）就这样，曹禺的处女作《雷雨》在 1934 年 7 月出版的《文学季刊》第三期问世了，并且一期登完。从他完稿到发表，历时十一个月。而《文学季刊》从创刊到发表《雷雨》，历时六个月。这段文坛三人佳话，当时人人皆知。曹禺也因《雷雨》一举成名。

（本文作者为靳以的女儿）

《雷雨》的“文坛三人佳话”

曹树钧

一个年轻作者写出一部好作品,但无人发现、推荐、评价,这对作者是十分沉重的打击。正如曹禺所说:“事实上最使一个作者(尤其是一个年轻的作者)痛心的还是自己的文章投在水里,任它浮游四海,没有人来理睬,这事实最伤害一个作者的自尊心。”(《日出·跋》)

《雷雨》的发现就遭遇过曲折。1933 年 8 月,曹禺完成《雷雨》初稿,将稿子交给正在筹备《文学季刊》的靳以,靳以是曹禺南开中学的同学、交换过兰谱的结拜兄弟,他深知曹禺的才华,见曹禺写出一部大型话剧,自然十分高兴。他首先向谁推荐呢?第一个便是郑振铎。

1932 年,靳以从上海复旦大学商学院毕业后,经友人辗转介绍,答应为北京立达书局创办一个大型文学刊物《文学季刊》,书店委托他担任主编。靳以自觉编这样的刊物,资历和能力尚不足,便去找有名气有经验的郑振铎合编。郑振铎一口答应,但实际编辑工作由靳以担任。两个主编,第一主编是郑振铎。很自然,靳以将《雷雨》首先推荐给第一主编,郑振铎看了后,认为剧本写得太乱而搁置下来。

靳以并不甘心挚友辛苦写出的厚达数百页的剧本没人理睬,过了不久,他又将剧本交给《文学季刊》负责审读剧本的编委李健吾。《文学季刊》早期有个编委会,邀请了巴金、冰心、李健吾、李长之、杨丙辰等任编委。编委会成员有分工,有的负责审读评论,有的审读剧本等等。

李健吾是清华大学西洋文学系毕业生,毕业后留校任系主任王文显教授的助教。他在戏剧方面有很深的造诣,是当时誉满京都的话剧

右一为巴金，右三为曹禺，左一为靳以

旦角。不料这位戏剧名家看过《雷雨》后并不认可，不肯推荐这个剧本发表，这让靳以十分尴尬。

由于郑振铎、李健吾都不认可《雷雨》，靳以只好把剧本暂时放在抽屉里，既不退还给曹禺，更不能擅自做主发表。时隔不久，巴金从上海到北京来看望沈从文，住在《文学季刊》编辑部所在地三座门大街十四号的靳以这里（平时编辑部只有靳以一人工作），前后住了几个月。一次，靳以和巴金谈起怎样组织新的稿件，巴金主张还是要注意文坛的新人，组稿的面要宽一些，不一定都是有金字招牌的名家或文坛上的名人，还要多多发表有才能新人的作品。一席话提醒了靳以，靳以随即告诉巴金，以前周末常到我们这儿坐的文学青年万家宝，他写了一个剧本，放在我这儿半年多了，家宝是我的好朋友，我不好意思推荐他的稿子。巴金一听很感兴趣，靳以马上把《雷雨》的手稿交给了巴金。

实际上，此时靳以心里想说的是，他不好意思一而再再而三地推荐挚友的剧本。他也清楚地意识到，自己人微言轻。巴金当时名气很大，不光处女作《灭亡》早已出版，激流三部曲的第一部《家》、爱情三部曲的《雾》和《雨》均已发表，短篇小说《将军》更被鲁迅、茅盾收入他们合编的《草鞋脚》，被介绍到国外。有些事巴金便于讲话，他的话有作用，郑振铎等能听他的意见。

巴金当晚一气儿读完《雷雨》。1940 年在《关于〈雷雨〉》一文中，他写道："六年前在北平三座门大街十四号南屋中客厅旁那间用蓝纸糊壁的阴暗小房里，我翻读那剧本的数百页原稿时，还少有人知道这杰作的产生。我是被它深深感动了的第一个读者。我一口气把它读完，而且为它掉了泪。"

第二天，巴金就将这个剧本推荐给郑振铎，并且做主将剧本"在《文学季刊》一卷三期(1934 年 7 月 2 日出版)上一次登完"。因为《文学季刊》是季刊，三个月才出一期，如果连载一年，读者断断续续地看就可能断断续续地忘，不能有一个完整的印象。

靳以第三次推荐《雷雨》获得了成功，在巴金的力荐下，剧本很顺利地发表了。不仅如此，鉴于编委会建立之后，几次在作品发表上编委之间发生矛盾，巴金还建议取消编委会，因他觉得编委意见多很麻烦，就作了这个建议。当然，他的名字也取消了，但他实际上还是和靳以一起负责编刊物。

名剧《雷雨》的诞生，巴金起了关键作用，他以艺术家的敏感和高度的艺术鉴赏力，及时发现了《雷雨》的价值。同时，曹禺挚友靳以的三次力荐功不可没，也起了十分重要的作用。这段故事，当时被人们称为"文坛三人佳话"。

其后郑振铎、李健吾与曹禺也相互达成谅解，成为艺术上的好友。

与孤松成员的忘年交

张绍祖

1987 年我作为“市师”校友，为撰写《天津市立师范学校简史》(1988 年出版的《天津文史资料选辑》第四十四辑)，曾采访过“市师”孤松剧团成员石羽、何福堃、张用缘、高尚信等老学长，并结成忘年交。采访中他们回忆了难忘的“市师”生活，特别是孤松剧团首演《雷雨》的情景。2005 年，我曾撰文《〈雷雨〉在国内的首次公演》(2005 年 1 月 17 日《今晚报》)。如今，最后一位去世的石羽先生，也已经离开我们好几年了。我十分怀念他们这些忘年交。

1987 年，我专程去北京团结湖拜访石羽。他对我说：“1935 年临近暑假，孤松剧团拟大干一场。选定国内尚未上演的《雷雨》，真乃初生之

“市师”孤松剧团全体团友合影

“市师”孤松剧团座谈会留影

犊不畏虎也。我们请来南开中学吕仰平先生为导演，图画老师苏吉亨为化妆师。各班挑选演员：佗晰（原名杨乃庚）饰四凤、李琳（原名华静珊）饰鲁妈、陶一（原名杨贻涛）饰周朴园、严如（原名王炳圭）饰蘩漪、高朋（原名高尚信）饰周冲、昊天（原名郭兰田）饰周萍、何福堃饰鲁大海、我（学名孙坚白，化名陈迹）饰鲁贵。演出受到校内外好评，当年《益世报》还为《雷雨》刊发专页评论，《大公报》《庸报》也发表了评论。”从那以后，我们之间书信不断，石羽还被聘为我校（天津一轻现代技术学校）影评组顾问，后来被聘为天津市青年影评协会顾问，我每每赴京经常到石老家做客，每年春节我都会收到石老的贺年片。2005 年 7 月 3 日，为了编辑《中国天津电影史话》一书，我们再次去拜访石老，这是我与石老的最后一次见面。

何福堃住在西北角小伙巷一带，他向我讲述了在《雷雨》中扮演鲁大海的情景，他还记得当时《益世报》登载了第二幕鲁大海被打的剧照。他说，曹禺特别关注《雷雨》在国内的最早公演，曾陪专程来津的中国旅行剧团团长唐槐秋一起在市师礼堂观看演出，他们认为这次“首演”的突破意义超过了演出的艺术成就。何福堃还陪我采访了他的父亲——天津最早的小学体育教师、百岁老人何启麟(玉书)。他还送我一幅亲笔写的条幅“中华兴隆福其百姓”。

张用缘住在山西路耀华里一带,她在《雷雨》剧组任职员。她说,同她一起任职员的还有陈兰、伊凡、石灵、邹式模等。1935 年 8 月 17 日、18 日下午两点公演《雷雨》,15 日晚曾试演一场。公演是售票的,甲种五角、乙种三角。她特别回忆了饰演四凤的英年早逝的杨乃庚。

高尚信住在哈密道,离我家很近,不时在马路相见。他向我描述了在《雷雨》中扮演周冲的情景。他说,当时的报纸登了不少孤松剧团演出《雷雨》的剧照,如第一幕鲁贵给四凤讲闹鬼的剧照、第三幕侍萍要四凤发誓的剧照等。他展示并赠送给我其珍藏的两帧孤松剧团照片:一帧是天津市师孤松剧团座谈会留影(1937 年 5 月 2 日),一帧是天津市师校友孤松剧团全体团友合影。

孤松剧团成员都已仙逝,但他们在国内首演《雷雨》的创举永留中国话剧史册。

关于《雷雨》首演

崔国良

1934年7月《文学季刊》发表了曹禺的《雷雨》，立即在知识界引起轰动。张彭春在20世纪20年代就指出："要提倡一种新的剧，必须要有新的演作者，新的演作者，比新的剧本还重要，因为就是新的剧本无新的演作者，那只是'半幅'剧本。只能读，而不能使观众欣赏、领略。"所以，戏剧的生命在舞台。一个剧本的成败，不仅仅是看在纸面上，而是必须受舞台的检验。那么，《雷雨》是什么时候搬上舞台的呢？

根据当时的报道，首先将《雷雨》展现在舞台上的是日本东京的中国留学生，1935年4月27日在日本东京神田一桥讲堂以中华话剧同好会名义演出。导演杜宣、吴天、刘汝醴。（《〈雷雨〉在东京公演》，《杂文（质文）月刊》创刊号，1935年5月15日）这次演出引起了轰动，中外人士纷纷发表评论。东京帝国大学教授影山三郎说："看过了许多欧美的创作和日本的创作，而这次虽然一句话也看不懂，坐了五点钟而没感觉到一点疲困，甚至可以说比看一次欧美的有声电影还紧张。"《雷雨》日译者之一邢雪说，东京新乐地剧团的演出"开中国的戏剧为日本人公演的新纪录"。《雷雨》成为中国话剧走出国门、走向世界的先声。

根据当时的报道，1935年8月17日在天津市立师范学校礼堂，该校孤松剧团演出《雷雨》，这是《雷雨》在国内的首演。天津《益世报》《大公报》等有报道。这次演出在当时是有报纸记载的，但是现在看来，"孤松剧团国内首演《雷雨》”一说还不能作为定论。

还有一种说法是，“《雷雨》首演在上虞”。由春晖中学高二同学为主的八位同学主演，景金城同学总负责，演出时间是“1934年12月2日”(1948年3月31日《上虞报·关于〈雷雨〉》,《曹禺剧作演出史》)。这一条材料，否定了前面两种说法。不过，引述的材料不是当时的记述，尽管有十四年后和现今健在者的追记，毕竟还是缺乏当年的文字史料支持。

东京神田一桥礼堂

在日本演出的《雷雨》剧照

戏剧评论家刘念渠1936年撰有《一九三五年国内剧坛》一文，发表在《山东省立剧院第一周年纪念年刊》，摘录如下：“现在平津流行的《雷雨》一剧国内外最初上演的，是济南的六一剧社。六一剧社是济南女子师范学校学生组织的。她们先于去年排了这个戏，一度在校内公演，当局认为还不坏，就于1月19日、20日两晚假用省立剧院的剧场公开演出了。因为六一剧社没有男人参加，不得不女扮男，而且演员的方言多半是山东土语，以致演出的效果，虽未言糟蹋了剧本，也不免有较多的缺陷。”

不无遗憾的是，该文的侧重点是记述1935年的剧坛情况，而略写了 1934 年，只笼统地写为"一度在校内公演"，而没有给出确切日期。王健发表在 1987 年 1 月 10 日山东《大众日报》的《〈雷雨〉最早在济南演出》一文中，则添加了 1934 年演出的较为明确的时段："于秋冬季节"。而这个"秋冬季节"，究竟是哪一天？不得而知。

经我的同学任丁安反复调查，现在找到了八十多岁的老人王恒，他 20 世纪 50 年代中期就读于中央戏剧学院，曾先后供职于山东歌舞团、山东省戏曲研究室、山东艺术研究院。他提供两条信息：第一，新中国成立后问曾托王祝晨（王恒的父亲）找工作的女师学生李淑娴（她参演《雷雨》管服装），她说："当初女子师范的学生（多为二年级）为庆祝双十节赶排《雷雨》，10 月 1 日彩排，果然在 10 月 2 日、3 日演出了。"二是 1957 年 2 月，在崔嵬家（崔嵬 1934 年在山东省立剧院供职，其夫人何延是王恒在中戏的班主任），崔嵬说："1934 年秋季开学后，济南女师的六一剧社开始活跃了，她们要排《雷雨》，说干就干，8 月中旬就连排了……10 月 1 日在她们学校演出，看的人太多，大概演了二场或三场，我记不得了，我就与院长王泊生说了声，来剧院演出三场。"

根据上面这些材料和线索，笔者认为，《雷雨》首演应该在济南。

《雷雨》初演争鸣火热

甄光俊

1935年4月，曹禺剧作《雷雨》在日本东京首演，白宁、吴天很快就在东京出版的《杂文》上发表评论，郭沫若也在东京出版的《东流》上发表《关于曹禺的〈雷雨〉》，这些文章一致肯定《雷雨》"是一篇难得的优秀的力作"。同年8月，天津孤松剧团在国内首演《雷雨》，天津《大公报》连续发表了冯俶、白梅、不凡等人的推介文章。由此引发了文化界对曹禺戏剧的争鸣。

1935年12月复旦剧社演出《雷雨》，导演欧阳予倩

《雷雨》诞生于阶级矛盾和民族矛盾错综复杂的时代，人们受各种不同社会思潮、文艺思潮的影响，对《雷雨》的评论不可避免地存在思想见解不一、艺术趣味迥异现象。

率先登场的是刘西渭（李健吾），他的评论文章《雷雨》，认为曹禺"既写到了环境对人的影响，也写到了命运对人的支配"，指出《雷雨》受了希腊悲剧作家欧里庇得斯的《希波吕托斯》和法国作家拉辛的《费德尔》的影响，剧作里隐含着"命运观念"。这篇剧评涉及《雷雨》的思想、人物、结构、影响等多个方面。他把推动剧情发展的动因归结为"蘩漪的报复观念"和"鲁大海的报复观念"两种力量，对《雷雨》的艺术结构和戏剧发展线索有所触及。

继之，张庚撰写的《悲剧的发展》，则从西方戏剧史上悲剧主题的发展论证《雷雨》悲剧的意义，批评曹禺世界观与创作方法存在着矛盾。张庚认为，《雷雨》没有有意识地去接近生活的真理，没有接触到“现代人类社会所苦恼的中心”，反而同希腊命运悲剧相接近。这篇剧评过于强调希腊命运悲剧对《雷雨》的影响，而没有充分注意《雷雨》的现实意义，因而也就没有令人信服地揭示出《雷雨》悲剧的实质。

当曹禺的另一部名剧《日出》问世后，未经上演就引起了文化界普遍关注。在天津主持《大公报》副刊的萧乾，从1936年底开始，用两个整版编辑了对曹禺剧作的“集体批评”，著名作家和评论家茅盾、叶圣陶、巴金、沈从文、李广田、朱光潜等都写了文章参加讨论。萧乾又用一个整版发表曹禺的自我剖析。萧乾称这是“为了提倡一下超捧场，超攻讦，不阿谀，不中伤，心平气和与人为善的批评”。《大公报》组织的这次集体讨论，尽管意见不尽一致，但批评态度是认真的，诚恳的。周扬的《论〈雷雨〉和〈日出〉——并对黄芝冈先生的批评的批评》一文，论述了曹禺剧作的成就和不足，指出曹禺虽然“和实际斗争保持着距离”，但他“对于现实并没有逃避，他用自己的方式去接近了它，把握了它，在他对现实的忠实的描写中，达到了有利于革命的结论”。讨论《雷雨》把作者同革命联系起来，这还是第一次。周扬批评黄芝冈的《从〈雷雨〉到〈日出〉》主观武断地否定了两部剧作，有着以偏概全、以一般代替个别、以生活代替艺术的方法论上的错误，主要“表现在对作家的态度的粗率上，对于文艺的特殊性，以及文学和现实之关系的朴素而不正确的理解上”。周扬反驳黄芝冈把《雷雨》看成是宣传正式结婚至上主义，指出《雷雨》的主题是“反对封建制度”。黄芝冈抱怨《雷雨》的作者不该让四凤、周冲、周萍死亡，周扬则认为“他们的死亡，一方面暴露了封建家庭制度的残酷和罪恶，同时也正呈现了这个制度自身的破绽和危机”。周扬不赞同某些人所持“暴露旧家庭罪恶已经是陈旧了的题材”的观点，指出“反封建家庭的主题，到现在还是一个新的主题。那就是因为封建势力到现在还在中国占着优势”。周扬还对《雷雨》和《日出》做了比较分析，指出曹禺“创作的视野已从家庭伸展到了社会”。

中国旅行剧团演出《雷雨》

侯福志

1935年10月，中国旅行剧团在天津演出《雷雨》，是国内职业话剧团第一次上演该剧目，较之稍早前业余的孤松剧团在天津演出《雷雨》，似乎更为成功。中旅也因《雷雨》的演出而名声大噪，不仅培养了一批著名影剧演员，而且使剧团影响日益扩大。

1935年1月18日至28日，应天津新新影院、北洋戏院邀请，中国旅行剧团莅临天津演出，包括日场和晚场在内，前后上演十八场。主要剧目有《女店主》《梅萝香》《名优之死》《打渔杀家》《醉了》《千方百计》等十一出，这是中旅在天津的首次演出，引起轰动。演出时，中旅曾征得曹禺先生同意，获得《雷雨》演出权。这一年春节后开始排练，但北平市长袁良竟以“有伤风化”罪名禁止该戏在北平演出。而就在中旅《雷雨》因审查未获通过而搁浅的时候，在日本留学的中国留学生在东京首次上演了《雷雨》。同年8月，天津一家名为孤松剧团的学生话剧团，在市立师范学校演出《雷雨》，开国内演出《雷雨》先河。孤松剧团演出时，曹禺曾约中国旅行剧团团长唐槐秋来津观看。见天津没有禁止上演《雷雨》，唐槐秋决定带剧团来此一试。

这年10月8日，中旅应新新影院的邀请，再次莅临天津，这一次的主打剧目便是《雷雨》。演出之前，他们曾在下榻的惠中饭店楼上饭厅里排练，请曹禺先生观看并提意见。随后又到南开中学彩排。经过几天热身，中旅长达五个小时的《雷雨》于10月12日亮相，取得极大成功。

曹禺对副团长戴涯饰演的周朴园、唐若青的鲁妈、章曼苹的四凤、

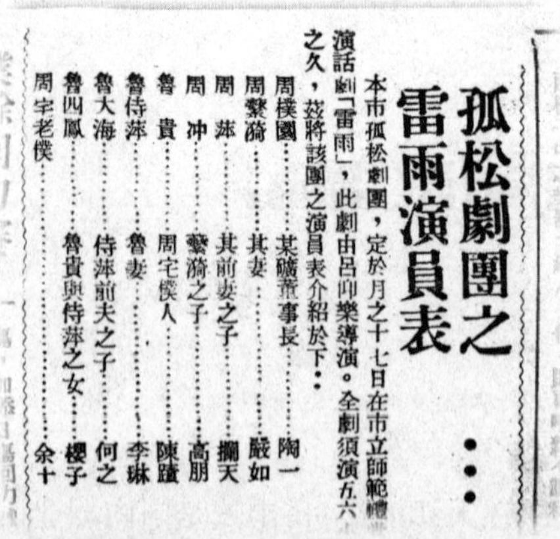

孤松劇團之雷雨演員表……

本市孤松劇團，定於月之十七日在市立師範禮
演話劇「雷雨」，此劇由呂仰樂導演。全劇須演五六
之久，茲將該團之演員表介紹於下：

周樸園……某礦董事長……陶一
周蘩漪……其妻……嚴如
周萍……其前妻之子……擱天
周冲……蘩漪之子……高朋
魯貴……周宅僕人……陳蹟
魯侍萍……魯妻……李琳
魯大海……侍萍前夫之子……何之
魯四鳳……魯貴與侍萍之女……櫻子
周宅老僕……余十

1935 年 8 月天津《东亚日报》刊载的有关孤松剧团演出《雷雨》的消息

中旅演出《雷雨》剧照

赵慧深的蘩漪、姜明的鲁贵、陶金的周萍都给予很高评价，他特别推崇赵慧深和唐若青二人的表演。曹禺的这一评价与当时的社会观感相似，这从 1935 年 10 月 19 日《北洋画报》刊载的伊凡所撰《中旅的〈雷雨〉》一文中可以得到印证。孤松剧团的《雷雨》与中旅《雷雨》相比，伊凡认为“是要推举中旅为比较成功的。这在演员的分配和导演的技巧上，都是有着很大的关系的。虽然中旅上演的《雷雨》，依然不如茶花女那样使人满足”。

伊凡对几位女演员的表演十分肯定。认为饰四凤的章曼苹和饰侍萍的唐若青，用了另一种作风，出现于观众之前，并没有失败。尤其是章曼苹在两种爱情中挣扎，舍不了爱人，又不忍伤了母亲的慈心。赵慧深饰演蘩漪，不是母亲又不是情妇的矛盾，苦闷与厌恶，忧郁与愤怒，让观众始终为她苦恼着。作者对两位男主角也给予赞誉，认为中旅“显然比孤松剧团在演员的分配上占了优势的，是饰演鲁贵的姜明和饰朴园的戴涯”。孤松剧团的鲁贵（即陈迹），虽然是其全剧中最为出色的演员，但他那近于文明戏的表演，还是太过火了。朴园这样的角色，完全是代表旧家庭父权畸形膨胀之下的“唯我式”父亲的典型,他有权力,有自我思想,同时也有短视的资本主义的眼。戴涯在台上很尽了这样的职分,并不像孤松剧团的陶一,把这位资本家演成了神经衰弱症患者。

伊凡对唐槐秋导演也颇为敬重，认为他很注重细节，是非常出色的。如在第二幕里,朴园独自在屋中苦闷时,斟茶撕报纸等小动作很能表现其内心的忧郁。周萍到鲁家去的那一场,导演使观众在那窗口看见了鲁大海和蘩漪的脸,这是他精细的地方。因为不如此,则后来窗户的自外扣上,就没有着落了。而孤松在演出时则把这一点忽略了。

关于中旅演出《雷雨》的不足,该文也毫不隐讳,认为在布景和效果上,鲁贵家的墙太白了,床单太干净了。鲁贵只知道喝酒、赌钱,而自己的女人又不在家,他的家是不会那么井井有条的。作者甚至认为:“那墙上应该有几道臭虫血,闪电和雷声„不大像样,因为这剧里的对话,很有点与雷雨有关的去处。而导演并没有在鲁家的窗口使观众看见两脚,雷雨也在剧情极紧张时反而停住。这实在会减少了许多感人的力量。”

邢振铎推动《雷雨》早期传播

庸 责

在《雷雨》早期传播过程中，留日学生邢振铎做出过开创性贡献。1935年4月，他倡导中华话剧同好会首演《雷雨》，并在剧中饰演角色。1936年初，他与影山三郎合译出版《雷雨》日译本，此为《雷雨》首译。

邢振铎在《译者后记》中，记述1935年8月初他来津拜访曹禺情形："我们和扮演周朴园（即贾秉文）、鲁贵（即王威治）、鲁大海（即吴玉良）、周冲（即邢振乾）的演员，围坐在桌子旁，一面谈论着，一面我也就翻译问题征求了曹禺的意见……他说：'我很感谢您的厚意，可是这是一部很幼稚并且不够洗炼的作品。'""'反正译着试试吧！'我答复了一句。"

邢振铎生平不甚清晰。相关著作述及《雷雨》日译者时，常有误植其姓名为郑振铎的情形。《雷雨（四幕剧）》1934年在《文学季刊》初刊时，郑振铎为主编之一。郑振铎与邢振铎是两个人。而误植邢振铎姓名为"刑振铎"的情形，1936年报刊已出现。《曹禺全集》中也有两处。《简明曹禺词典》列其词条，但称"生卒年不详"。

常见著述称邢振铎留学于"东京帝国商科大学"，即指东京商科大学（东京商大）。高桥君平编《留日学生名簿》（日华学会1933年第七版）载，邢振铎时年二十二岁，来自中国北京地安门，1932年4月从"长崎高商特设预科"自费入东京商大预科。

杜宣《日本留学时代演剧活动的回忆》《两都思翔——记巴金》载，1934年，杜宣住东京阿佐谷，"夜间到浴场洗澡时，常常遇见商科大学学生邢振铎。见面多了，话也就多了。无意中谈到《雷雨》的事。他看后也认为很好”。“1935 年春天，商科大学学生邢振铎和他的几个同学想排演《雷雨》，找我去导演。”《雷雨》剧组“在神保町中华留日学生青年会的室内球场排演……因邢振铎是商科大学学生，由他去租借商科大学礼堂‘一桥讲堂’作为演出场所”。

杜宣载，“我们在同学中物色了一些人来扮演剧中人物，邢振铎和他弟弟担任演周萍、周冲”。凤子《重访“一桥讲堂”》载，“影山三郎告诉我……他和邢振铎、邢振乾弟兄是在小饭馆里认识的”。1935 年 4 月，《雷雨》在东京连演三天，所印《话剧公演会预告》可知，剧务为邢云，演员中有邢云、邢雪。5 月第二次公演前夕，由于“有些立场不纯正的留日同学给我们中伤”，驻日公使蒋作宾将邢云叫到公使馆，允给几百元“慰藉金”为补偿，剧组被迫中止再演(《走向世界的曹禺》)。笔者判断，邢云即邢振铎。

《留东学报》是中国留学生所办“相当切实的救国杂志”，1936 年连载邢振铎记录整理的《日本之现在与未来》。1936 年 6 月 7 日，邢振铎在留东学会成立大会上担任司仪并演说。

抗战期间，邢振铎已居北平。《忆沦陷时期的北京剧社》载，邢振铎“在抗战前留学日本时期，曾将《雷雨》剧本译成日文……演出了《雷雨》。北平沦陷时，他先后在伪华北劳工协会和伪华北合作事业总会事业局任职时，关心‘北剧’的活动并给以经济资助。演出《云彩霞》时，他还担任了舞台监督。由于他的‘日伪官吏’身份，使敌人误以为‘北剧’是以日伪为后台的，从而掩护了剧社的活动。其实，邢是共产党员，后因其日籍妻子告密，被捕牺牲”。《北京剧社社史资料专辑》载，邢振铎的政治面目，“后来经过曾与他同在北大法学院地下党支部的郝贻谋的证实”。

《民国职官年表》《北平历届市政府市政会议决议录》载，邢振铎 1943 年任伪北平特别市政府经济局代理局长，1944 年 7 月 13 日参加伪北平特别市政府第 378 次常会，1944 年 8 月 5 日被免职。

据以上所载判断，邢振铎约生于 1911 年，约 1944—1945 年牺牲。他是地下党员，也是抗日烈士。

《大公报》热议《雷雨》

缪志明

1935 年 8 月 17 日,《雷雨》由天津市立师范学校孤松剧团在该校礼堂上演,曹禺其时正执教于河北女子师范学院,曾应邀前往剧团指导排练。

对这次演出,《大公报》予以极大重视,上演两天前,便以《雷雨——曾经轰动日本艺坛,孤松剧团星期六起演》为题作了预告,预告中写道:"孤松剧团近定于本星期六起始公演《雷雨》,此剧曾经在日本东京上演,博得日本文艺界、话剧界的极大注意,近已译成日文本,不日即可出版,近由吕仰平先生导演、孤松剧团演出。孤松在天津历次成绩上都极好,这次当更能给津市一饱眼福也。"文后公布了全部人物与所饰演员之名:周朴园——陶一、周蘩漪——严如、周萍——拦天、周冲——高朋、鲁贵——陈迹、鲁侍萍——李琳、鲁大海——何之、鲁四凤——王樱、周宅老仆——余十。其下附一说明:"票价三角、五角,只演两场(十七、十八),下午二时启幕。近两日售票非常踊跃,余票无多,购者请速。"还配发了一张该剧团排练剧照。

转天,该报复以《〈雷雨〉明在河东市师礼堂公演》为题,再作预报:"孤松剧团近以暑假期间,排演名剧《雷雨》,此剧穿插紧凑,立意伟大,为近年来文坛的杰作,在东京搬上舞台,即惊动了日本文坛,国内亦觉为名贵,而苦于无力上演。今由孤松上演,当能超出以往的成绩。售票情形尤佳,时间延后一小时(到七点),剩票无多,只演两场,欲观《雷雨》,务失此良机也。"文旁又配发另一张排练剧照。

上演前一天，孤松剧团做最后彩排。大公报于17、18两日刊登冯傚《雷雨的预演》，文中写道："昨天承孤松剧团的允许，在夜间我去看他们正式的预演。因为所需的时间很多(一共是四幕，每幕要用一个钟头以上)，只排了前两幕。"此段文字表明，孤松本次国内演出，与东京首演一样，也剪删了原作的序幕与尾声。作者深深感叹："这剧给了记者以非凡的感动。""它好像有一种排山倒海的伟大的力，同时还若有一种流泉微细的力，一齐灌注到记者的心里。"其结论是：孤松这次上演《雷雨》，"无疑给正在前进的话剧加了一份力量"。

从20日到23日，该报逐日连载白梅长文《〈雷雨〉批判》。作者首先对《雷雨》在国内舞台上演，表示充分肯定，认为它"在国内还是破题儿的第一遭"，并认为《雷雨》"在质与量上，都是中国剧坛上空前的收获"。他分析道："打算有力地推动中国剧运，创作长的剧本是目前的要图，只靠着翻译和改编外国剧本，到底不能独立发展。回顾十几年来国产剧本，还是那些形式简短、内容贫乏的几本，不能给观众以大量的满足。《雷雨》便是适应这种需要而产生的。"肯定之外，白氏也明确指出该剧所存在的问题："它在形式上比《茶花女》还冗长，在内容上比《茶花女》还来得杂。"作者认为，六小时的上演时间，"在舞台设计和观众精力上来说，都是过于浪费"。其最后结论为"《雷雨》在写作上成功，却在剪裁上失败"。

从24日到29日，大公报又分六天连载不凡的《〈雷雨〉演出》。作者对《雷雨》剧本推崇备至，他说："我很信实地认为，它是一部'典型人物'的剧本，它打开了一切传统的写法。"该文为曹禺辩护道："有人说这剧是有伤风化，那我们只好讥笑他肤浅；如果有人说这剧是含有宗教的色彩，那我们只好说他不懂戏。"文中详析了剧中每位演员的表演，特别对雷雨的拟音效果进行了褒赏："那雷声和雨声做得怕人。观众在休息时……差不多都在说：'我听得真以为打雷啦！'"

苏吉亨客串化装师

齐珏

1935年8月17日至18日两天，天津市立师范学校的孤松剧团，在学校礼堂公演曹禺的成名剧作《雷雨》。在20世纪30年代，天津文化艺术界有一位名人，曾参与到此次孤松剧团的公演中，为《雷雨》的成功演出贡献了一份"绵薄"之力。他就是苏吉亨。

苏吉亨，名昌泰，字吉亨，天津人，肄业于北京美术学校，是著名画家陈师曾的高足，深得陈氏真传。回津之后，苏吉亨在河北省立女子师范学院任教。此外，还在社会上组织天津绿蕖美术会，这个美术会并非一个简单的画会，除中国画、书法、西画以外还设有摄影、昆曲等研究会。1930年1月2日，为庆祝新年，"绿蕖"举办了一场新年同乐会。此次同乐会上，苏吉亨不仅出演话剧《作品与环境》，还反串扮演昆曲《游园》之中的杜丽娘，得到观众的一致好评，称其表演极为精彩。1930年1月11日的《北洋画报》刊登了对此次演出的评论："新剧《作品与环境》中苏吉亨之市井俗气，魏木厂之利欲熏心，林森森之昏沉懦弱，刘佑民之刚强泼辣，均极精彩。""昆曲彩排，王敬章张士琦之扫花，苏吉亨王子建之游园，童曼秋之醉妃，声韵优雅，均有神采。"

1930年9月，天津特别市市立师范学校成立，苏吉亨兼任"市师"的图画教师。1931年，市师在图画教师张鸣琦指导下成立戏剧研究会，1933年由孙坚白（石羽）等人创建孤松剧团，话剧活动在市师风头正劲。据石羽回忆，在戏剧研究会时期，除张鸣琦老师外，还曾请语文老师陆以洪、图画老师苏吉亨担任导演，也曾请南开中学吕仰平来指导。

1934年，曹禺到河北省立女子师范学院任教，不知曹禺是否与同事苏吉亨因对戏剧的共同爱好而进行过交流，但苏吉亨在学生们的眼中肯定是一位既会演又会导的全能老师。

但是，1935年8月孤松剧团公演《雷雨》，苏吉亨并没有担任导演，而是临时客串了一回化装师。演出前两天，孤松剧团的四位成员，匆匆赶到苏吉亨家，很郑重但也很仓促地邀请苏吉亨担任化装。苏吉亨丝毫没有犹豫便答应了。因为苏吉亨认为自己"对于孤松剧团有了深刻的认识，他们是津市最有希望的剧团，他们是有 All in one 的精神，他们的演员，全是天才的演员，他们肯绞着脑汁去研究，他们肯很刻苦的努力，他们是很虚心地接受观众的批评，他们毫没有自满的态度，他们又兼有戏剧专家(张鸣琦君)的训练在先，复有导演吕仰平先生的领导在后……所以我在无论怎样的忙迫中，亦愿意抽出工夫帮帮忙"。不过苏吉亨好像对化装不太专业，自认为"好在我忙的是化装，实在是有名无实的轻微工作……不过是把他们的几张脸，当作是几幅画，我用绘画的习惯，来涂涂抹抹而已。至于怎样运用化装的技术，怎样会了化装的定理，我是毫没有顾到的"。在此之前，苏吉亨连剧情和人物都不很了解，只是"在化装前五分钟才清楚一点"。虽然是临时客串，但苏吉亨因为在天津文化艺术界的威望很高，所以在《益世报》刊登的演出职员表中，苏吉亨紧挨着导演吕仰平排在第二位。

对于苏吉亨临时客串化装的效果，《大公报》在演出结束后刊登的文章《雷雨演出——演员努力，布景逼真》中有较为客观的评价。1935年8月29日署名"不凡"的作者在文中点评说："鲁侍萍……化装上，很有些无锡人的风味，只是衣服应该稍脏些才好……她底面部化装以眼部的衰老形态最能表示她底年龄和痛苦。""周蘩漪……化装很像。""周萍……化装上的确像位'Blase'(法文，英人常借用，意思就是好酒贪色，面色惨白的人)。"看来苏吉亨不仅仅是把演员们的几张脸"涂涂抹抹"，而是根据不同角色的身份和特征，通过化装直观地展现在观众面前，出色地完成了他"客串化装师"的职责。

露克话剧社演《雷雨》

侯福志

笔者藏有一张20世纪40年代印制的老戏单。这张保存完好的老戏单呈方形，比十六开纸略小，内容是“露克话剧社”在群英戏院演出《雷雨》的宣传广告，包括四幕话剧《雷雨》的剧情介绍、演员表等，另附有饰演鲁妈的陶露萍和饰演四凤的霍克家的合影照片。

1941年底，著名的文明戏戏社——奎德社的社长赵仲山，在北京、天津招收了一批女学生，以充实演出力量，这其中包括北京的陶露萍和天津的霍克家。

陶露萍原名韩荣珍，号雪衡，她认为演戏是养小不养老的行当，因此艺人就如露水浮萍，转瞬人老珠黄，故把自己的名字改为露萍。霍克家原名霍淑兰，奎德社编剧乔铭勋因为原主演徐家华（即著名电影演员叶秋心）脱离奎德社，所以将霍淑兰的名字改为霍克家，该名字含有“克”徐家华之意。陶露萍扮旦角，霍克家饰小生，二人从外形到声音都很般配，可谓珠联璧合。奎德社首演于小广寒剧院，打炮戏是乔铭勋编写的《红掌记》，这个戏演出颇为成功，一下子使陶、露二人扬名津沽。此后在天宝等戏院又演出了《红霞》《她的心》《含羞草》《上海阔小姐》等剧目。由于二人不是科班出身，并没有多少唱功做基础（演文明戏亦需唱功），加之受津门话剧持续繁荣的影响，于1943年下半年脱离奎德社而另组露克话剧社，并于1943年10月1日在南市群英戏院首次公演。

笔者曾在1944年2月15日出版的第九十二号《天津游艺画刊》

上，看到一篇名为《露克话剧社是非多》的文章，文中对成立几个月来的露克话剧社演出情况作了总结。其中提到："陶露萍霍克家是老搭档了，两个人的感情，也非常好，真像是一对假夫妻，如胶似漆，形影不离，在露克第一次演出《雷雨》的时候，不知为什么，她们夫妇闹了意见，看情形非常蹩拗。势有分道扬镳，各奔前程之概，幸经团员多方解释，一团云雾，始化为乌有。"另据该篇文章载，露克刚成立时，导演一职由唐皓华担任，后来为强化阵容，秦伯英也加入了导演行列。不久，著名话剧演员、原鹦鹉剧团李保罗从山西回津，并加入了露克话剧社，因李保罗曾于 1937 年为鹦鹉剧团导演过话剧《雷雨》，所以导演之职自然让位给了李保罗。笔者收藏的这张戏单上，印有"导演李保罗，助演唐皓华"字样，正与《天津游艺画刊》刊载的文章吻合。从戏单左上角"十二月五日起"字样推断，这张老戏单应当是 1943 年 12 月印制的。

另据载，《雷雨》曾作为露克话剧社的保留剧目，一直在群英戏院演出。露克话剧社能够在群英戏院从事两年多的商业演出，是与《雷雨》剧本的魅力分不开的。从一定意义上说，没有《雷雨》就没有露克话剧社。

话剧与评剧《雷雨》在津打擂

侯福志

据《唐槐秋与中国旅行剧团》一书载，1942年9月，日本人占领了上海的租界，由于拒绝了敌伪方的威胁利诱，中国旅行剧团在上海的演出遇到麻烦，唐槐秋曾被日本宪兵队传讯，于是中旅决定离沪北上天津。自10月18日起到12月30日，在天津北洋戏院（今延安影院旧址）进行了为期两个半月的演出。这次演出，是1936年3月中旅离开天津后，首度与天津观众见面，自然引起热烈反响。其间，上演的剧目除《雷雨》外，还增加了《日出》《原野》等曹禺先生的其他剧作。有趣的是，与北洋戏院相距不远的天乐戏院，也在此时上演评剧版《雷雨》，其轰动效应可想而知。

中旅演出《雷雨》剧照

天乐戏院位于劝业场六楼，是一家专门演评戏的戏院，东家姓姚。许多评戏演员，如爱莲君、花迎春、新凤霞等均在这里演出过。当时这家戏院有一位名为尹清泉的演员，在北洋戏院观看了中旅的话剧《雷雨》，很快编写了评剧《雷雨》的幕表。据《新凤霞回忆录》记载，《雷雨》中的女主角蘩漪，由著名的评剧坤伶花迎春扮演，男主角周朴园则由文明戏改行的演员张笑声扮演。另外，郑伯范演周萍，李文元演鲁贵，而饰演四凤的则是只有十五岁的评戏新秀新凤霞。

在相隔不远的两个戏院里同时演出话剧版和评剧版的《雷雨》，自然引起了人们的注意。中旅的《雷雨》是该团的保留剧目，而且曾经有作为职业话剧团在天津演出《雷雨》的辉煌历史，上座率不减当年。评剧版《雷雨》，由于作为主角的新凤霞，在饰演四凤时，用心揣摩人物所处的环境和心理，在借鉴话剧写实表演方法的基础上，利用评剧程式化的动作，把外表朴实、单纯而又活泼的四凤演得活灵活现。其中有一大段唱词，颇受观众好评："大少爷跪在地向我求婚，吓得我周身发抖汗如雨淋。大少爷长得好真有学问，他胸前总戴着钢笔一根。小脸蛋粉嘟噜白中透嫩，青丝发黑中发亮梳的是偏分。黑皮鞋西装裤更显得四衬，穿西装没扎领带是天热的原因。为什么大少爷对我亲近，早看出他爱我不敢出唇。想不到大少爷把我看准，他不嫌我是个下等的人。牙咬住小辫梢点头应允，大少爷呀，这一阵闹得我心乱头昏。这一阵你示真情好话说尽，眼看他可怜相动了我的心。"

评剧版《雷雨》演出成功，引起中旅团长唐槐秋和唐若青父女俩的兴趣。他们专门到天乐戏院看演出，还在东家的陪同下与演员见了面。唐槐秋非常欣赏新凤霞的演出："这个小姑娘演得好，小四凤多么机灵聪明可爱呀！演得单纯活泼，唱得又好，咬字清楚……"唐槐秋还半开玩笑地说："到我们团去吧，你演的小四凤比我们那个好，到我们团演话剧四凤！"

话剧版《雷雨》与评剧版《雷雨》在天津打擂台，一方面反映了《雷雨》这部作品的超强魅力，另一方面也彰显出天津这座大码头丰厚的文化底蕴，堪称《雷雨》演出史上的佳话。

评剧舞台上的《雷雨》

刘万江

话剧《雷雨》的出现，似一缕清新的春风，吹入评剧舞台。该剧不仅主题内涵深刻、戏剧冲突复杂尖锐，能够从情节上吸引观众，更为重要的，是人物性格生动鲜明：四凤单纯活泼，蘩漪沉闷忧郁，这两个人物堪称“戏胆”，为难分主次的一号人物，适合演员发挥自身的特长深入塑造。鲁妈为老旦，周萍为小生，周朴园为老生，鲁贵为三花脸，行当齐全。这些都为移植工作打下良好的基础。

据评剧老艺人们回忆，第一个编写评剧《雷雨》剧本的是关凤奎，第一个演出此剧的班社是朱宝霞班社。关凤奎是山东人，演过文明戏，也能唱评剧，思想活跃，文笔好，他写过许多评剧剧本，也擅长导演工作。第一个演鲁妈的是男旦碧月珠，第一个演四凤的是朱宝霞。朱宝霞扮相好、嗓音高亢洪亮、擅做戏，演四凤很成功，尤以“审女”和“寻死”两个场次最为精彩，每演到这两场戏，必定满堂喝彩声。

20世纪三四十年代，评剧《雷雨》成为各大小班社、各个主演均擅演的“戏保人”的剧目，谁演谁红。各女主演根据自身的条件、个人的喜好，演出不同的角色，当时赫赫有名的韩少云、新凤霞、鲜灵花、小灵霞、李宝珠、陈桂秋、赵艳蓉均演过四凤，喜彩苓、花月仙、花迎春、王素秋均演过蘩漪，郭砚芳、曹金顺扮演过鲁妈，筱俊亭、筱艳生、小美英则既演过蘩漪又演过四凤，生行名角李福安、刘小楼、单少峰均演过周萍。新中国成立后，尚未参加国营剧团的小花玉兰，亦曾在天津私营的新育文化剧团演出过此剧，扮演四凤，红极一时。

新中国成立后，各地纷纷建立国营剧团，哈尔滨评剧团、石家庄评剧团、地质部文工团、沈阳评剧院的前身“东北唐山评剧院”，均一直演出评剧《雷雨》。1959 年，沈阳评剧院参加东北三省代表团慰问山东期间，亦曾排演《雷雨》，由韩少云演四凤、花淑兰演蘩漪、筱俊亭演鲁妈，极为遗憾的是，因诸多因素，此剧未能公演，观众没有看到这出“韩花筱”群英荟萃的好戏。

“文革”后，评剧界重整旗鼓。1979 年，沈阳评剧院演出了由筱俊亭大弟子新少敏、韩少云大弟子胡桂秋主演的《雷雨》，筱俊亭、韩少云亲自参与唱腔设计并指导弟子演出，此剧大获成功，演到动情处，时常出现台下哭声一片的感人场面。同年，文化部勇进评剧团亦排演此剧，引起轰动。1983 年曾在天津华北戏院演出。

进入新世纪后，2006 年天津评剧名家崔连润携手京津辽三地名家谷文月、刘萍、王有才、徐培成、李惟铨、韩学门等，精心打造了“强强联合，名家荟萃”版《雷雨》，亦获得殊荣，广受好评。

评剧《雷雨》从 20 世纪三四十年代一直演到现在，久演不衰，已成为评剧舞台生命力最强的现代剧目之一，在评剧剧目史上占有不可替代的席位。

小凤演四凤，赢得满堂红

甄光俊

上世纪四十年代，唐槐秋领导的中国旅行剧团在天津北洋戏院演出话剧《雷雨》，特别受观众欢迎。劝业场六楼的天乐戏院评剧班姚老板，见《雷雨》上座火爆，就派负责编导时装评戏的尹清泉到北洋戏院“捋叶子”，要求尽快把这出话剧移植成同名评剧演出。尹清泉原在文明戏班当演员，加入评戏班后，曾先后攒过《日出》《雷雨》《蝴蝶夫人》《茶花女》《风雪夜归人》《求婚》《春风回梦记》《啼笑姻缘》《一瓶白兰地》等时装评戏(时人多称文明戏)。评剧演文明戏一般采用“幕表”方式，即没有剧本，也没有台词，只备一份写有每场戏出场人物和情节梗概的提纲，演员按照“幕表”的要求在台上或唱或念或表自己掌握，故事演得是否连贯、形象塑造得是否真切，那就要靠演员临场发挥的本事了。

尹清泉很快完成了《雷雨》的“幕表”，同时把角色分派下来：文明戏演员改工评剧的张笑声扮演周朴园，年轻貌美的花迎春扮演蘩漪，郑伯范扮演周萍，李文元演鲁贵。戏份很重的四凤由已然在评剧舞台崭露了头角的新凤霞扮演。新凤霞时年只有十五岁，曾经多次在演完戏下装后，一溜小跑到北洋戏院看话剧《雷雨》，对四凤这个人物印象很深。生活中的新凤霞梳一根辫子，台上的四凤也是梳一根辫子，她学习话剧的写实方法，并在表演中糅进戏曲化的程式动作，当演到周萍向四凤求爱时，尹清泉提前为她设计了一段唱：“大少爷跪在地向我求婚，吓得我周身发抖汗如雨淋。大少爷长得好真有学问，他胸前总戴着钢笔一根,小脸蛋粉嘟噜白中透嫩,青丝发黑中发亮梳的是偏分,黑皮鞋西装裤更显得四衬,穿西装没扎领带是天热的原因。为什么大少爷对我亲近,早看出他爱我不敢出唇。想不到大少爷把我看准,他不嫌我是个下等的人,牙咬住小辫梢点头应允。大少爷呀!这一阵闹得我心乱头昏。这一阵你示真情好话说尽,眼看他可怜相动了我的心。"这场是调情戏,新凤霞正处于情窦初开的青春期,在台上表演自然流露出少女的娇羞;那段唱词虽然平直,新凤霞唱得也朴实单纯,正符合四凤对周萍又怕又爱的心理。喜欢看评剧《雷雨》的观众,特别对"小丫头"新凤霞赞不绝口。

因为北洋和天乐两座戏园离得很近,评剧《雷丽》和话剧《雷雨》打起了对台。两种不同艺术形式表现同一戏剧题材,各尽其美,各获好评。评剧《雷雨》把"中旅"主演唐若青也吸引去看。当演到梅侍萍要把四凤带走,不许四凤再见周家的人 ,四凤对母亲哭诉了与周萍的关系。这场"审女",戏剧情节强烈,有大段唱。有锣鼓经配合雷雨交加、霹雳闪电,很紧张,很动人。唐若青被感动得流下了眼泪。散戏后她把新凤霞叫到跟前,当面鼓励她说:"小孩子演四凤,真没有想到哇!"

中国旅行剧团团长唐槐秋和王元龙、孙景璐、姜明等主演,也都曾到天乐戏院观摩过评剧《雷雨》。唐槐秋看完戏到了后台,称赞评剧《雷雨》,没有硬片子布景,就是一桌两椅,演员把特定环境全都表现出来了。他拍着新凤霞的肩膀说:"小四凤演得单纯、活泼,唱得也好,多么可爱呀!到我们团去演话剧四凤吧。"新凤霞一脸稚气地回答:"不,我们是戏,你们是话。戏要学,话谁都能说。我不去你们那里说话,还是唱戏吧。"唐槐秋哈哈大笑说:"好。戏要唱,我们是话,这个回答好。"新凤霞赶紧补充说:"我们的戏也有说话的,唱、做、念嘛,念白就是说话呀!"唐槐秋一点也没生气,高兴地走了。

新凤霞乳名小凤,小凤在《雷雨》里扮演四凤,唱红了。戏班里的叔叔大爷们高兴地说:"我们小凤演的这个四凤,那可是活四凤。"

新凤霞晚年撰写回忆录,追忆青年时代演戏的经历。她说:“那个年代评剧艺人为了生存演文明戏,吃了不少的苦,确实也得到了锻炼。后来演《刘巧儿》之所以得心应手,就是沾了此前演文明戏《雷雨》的光。”

一帧《雷雨》演员、导演的合影照

缪志明

在天津古文化街旧书摊儿上，发现一帧民国旧照片，捡取一看，正、背面均题有不少蝇头行书墨字。正面所题为一首七言绝句，内容为：“多问真知人世事，细歌神入曲中情。秋毫放眼皆成趣，万籁无非尽我鸣。冲匀题。一九四八年十二月一日深夜。”背面所题则为：“一九四八年暮秋，天水扶中数位爱好话剧同学，挽予指导排演曹禺名著《雷雨》。遂于十一月十日校庆时，借天水西站礼堂上演矣。以伊等俱有之艺术天才，是台献技，颇为成功，一时声震秦州，人人称赏。剧后，同学约予合影，俾资纪念，并摄剧照两幅，相赠存念。兹因伊等与予同为艺术爱好者，心有所动，即情赋诗，以泻予怀，亦生活史中一快事也。冲匀志。一九四八年十二月十日深夜。”其后又附：“同影人：金光革、吴琪、武钟瑞、王秀菊、景子良、康煜照、林家栋、陈廷铮、郑建泉、程效、索景春、赵中清。”

看过这些同出一人之手的题跋便明了了，原来是一位名叫冲匀的人，在1948年的暮秋，被天水一所名叫“扶中”的学校的同学请出来，指导他们排演曹禺名剧《雷雨》。经一段时间排练，该剧于当年11月10日在天水西站礼堂成功上演，演出收得“声震秦州，人人称赏”的上佳效果。为纪念这次演出，参演者邀请导演冲匀拍摄了一帧合影照。照片洗出后，冲匀不仅兴致盎然地创题一首七绝，还将排演过程在其上作了简括记述。此外，他还将在其看来“俱有之艺术天才”的演员名字，一一题写于照片背面。

这里的“扶中”，显然是当时甘肃天水一所中学之名的简称，但笔者查了再三，还是未能弄明其全称究竟是什么。另外，关于这位名叫“冲匀”的导演，也未能得悉其身份，估计应是当地一位于话剧活动有一定影响的文化人吧，抑或为该“扶中”的一位老师，其题诗严合格律，文言题跋亦简明畅达而富有韵味，蝇头行书更见功力，堪称字字灵动。毫无疑问，此次《雷雨》的上演成功，与冲匀颇高的文化修养定有一种必然的联系。殊愿有知其人者能一揭其身世，毋使此位导演之事迹湮没无存。

1948年，甘肃天水应还属较僻之地，曹禺的《雷雨》已在那里产生了轰动性影响，这在该剧传播史上是应记上一笔的。

焦菊隐在桂林导演《雷雨》

张玉芳

1938 年秋，获得巴黎大学文学博士学位的焦菊隐，经香港来到当时抗敌文化中心之一的桂林。广西绥靖公署政治部主任兼国防艺术社社长程思远为加强艺术社的工作，邀请焦菊隐担任国防艺术社副社长协助规划并负责编导。1940 年秋焦菊隐任导演，为广西艺术社排演曹禺的名剧《雷雨》，“演出旧的有艺术价值的剧本，以刺激新的进步”。

当时《雷雨》已经由许多职业剧团演得红遍大江南北，焦菊隐感到了些许压力。不过在他看来，演员们有一定的优势，“曹禺的名著以《雷雨》作代表，则富六朝的气度。以国防艺术社现有的演员论似乎演曹禺的作品更能胜任些”。他对作品进行了理性分析，不认同一般人说《雷雨》是古典作品的评判，认为《雷雨》属于左拉那种自然主义。站在这个立场，排演的整个面貌和对人物性格的诠释与以往其他演出就多少有些不同了。

为了反封建的目的而上演《雷雨》，又认为此剧是自然主义的作品，焦菊隐要求演员们对全剧的理解要观照两点：一是要强调社会的遗传性，即在半封建和封建的家庭里，自然会产生周朴园这样的人物，其子也并没跳出社会和家庭，在父亲的教育和行动的暗示里，自然也不会变成两样的人物。焦菊隐“企图用侍萍作封建家庭内所摧残的女性之以往的代表，以蘩漪作现在的代表，而四凤是将来的代表，来显示封建家庭之应当立予摧毁，来实现我个人以社会的自然主义立场来导演的《雷雨》的风格”。二是尽量消解该剧的宿命色彩。他把剧中发誓、呼天和最后侍萍一大段独白都排成旧式女子、妇人在无可奈何中的一种发泄，他还尽力用鲁大海和侍萍作对比，以印证侍萍是个弱者。

焦菊隐还做了其他一些尝试。比如，一般导演受传统理论的束缚，不敢让演员背台，有的导演认为这是演出的大忌。在这次《雷雨》演出中，在好多场合，他会让一两个演员背过身或斜侧过身去，使得剧中人物自己形成一个圈子。如第一幕四凤背身，蘩漪和周冲谈话时，背着身横走过整个舞台；第三幕鲁大海把一百元钱交给周冲时，鲁贵整个背身；第四幕蘩漪一小段背身，周萍一部分侧身……

1941年1月21日起，焦菊隐导演的《雷雨》在广西桂林、柳州等地演出数月，获得了巨大的成功，有效地冲击了这一时期普遍存在的抗战八股现象，让观众明白，即使用于宣传，戏剧也需要思想性和艺术质量。当时的剧评有过这样的评价："抗战以来的戏剧发展，可以说一般地停留在狭窄的量方面，仿佛剧本的故事，都是充满了敌人的凶恶脸孔、汉奸的卑鄙行为，或是寇兵兽行之类的内容。我们并不否认这类内容的宣传作用，可是质的问题被忽略了，而造成了粗制滥造、如法炮制的抗战八股现象，对于质的提高与内容的充实，不能不说是目前戏剧艺术领域值得商讨的问题了。这次《雷雨》的演出，可以说就克服这个严重的缺点。"

话剧导演吕仰平

崔国良

天津首演《雷雨》的是天津师范学校的孤松剧团，导演是红极一时的导演、南开学校的教师吕仰平。何以如此呢？原来，当时天津师范学校校长，是南开学校新剧团首任团长时趾周（时子周），而吕仰平则是南开新剧团早期团员。

吕仰平，名彭年。1925年南开大学毕业，后留校任南开中学社会教员。

吕仰平1918年参加南开创编的中国最早的现代话剧《新村正》的演出，饰冯大爷，显露出他的戏剧才华。《新村正》成为保留剧目，他多年不断地参加演出，到南开三十周年校庆时，曹禺和张彭春改编《新村正》的演出，吕仰平改饰村正周味农。他进入大学后，1921年参加《巡按》的演出，饰刘绅。该剧先在《新民意报》纪念会演出，后在本校十七周年纪念和自治励学会纪念会及赈灾会举行多次演出。这次演出开了南开改编演出西方剧目的先河。吕仰平1923年被推举为南开新剧团演作组干事，1924年被聘为大学学生会新成立的游艺股新剧系成员，负责组织、编演话剧活动，包括参与首演《少奶奶的扇子》。1928年，他领衔参加教师编演的《天作之合》，其“情节离奇，穿插有趣，科诨齐作，歌白并收”。此时形成了吕仰平畅快幽默的风格。1929年10月，参加张彭春、曹禺改译、编演英国名剧《争强》的演出，饰施康白。1935年，受邀导演《雷雨》，以至于南开公演《财狂》，他只任化装之职。1935年校庆，导演了《打是喜欢骂是爱》，1936年校庆参加教职员改编并导演的译剧《我俩》。该剧演出“穿插突梯，对白幽默”，而且布景华贵，灯光与音乐设计优美，都博得校长的笑声和张彭春的赞许。评论认为该剧演员珠联璧合，而导演得法，功绩最大。

当然，此时吕仰平最受欢迎的就是他的导演艺术。最初是1931年参加天津群一社社友同乐大会，导演了《摩登婚姻》；1934和1935年两次导演《五奎桥》和《寄生草》；1935年为男中毕业游艺会导演《父归》，演出“不同凡响，台下至有坠泪者”，还为女中导演了《还乡》和《还我和珊》。《北洋画报》发表了资深记者、《还乡》的作者吴秋尘的评论文章，其中写道：“《还乡》演出前，来宾有大呼不够本者，出场后，舆论为之一变，众口一词，交相赞美。”《还乡》是吴秋尘把话剧与双簧嫁接而创造出的一个新剧种“簧剧”，导演起来有很大难度；而吴秋尘接着写道：“仰平藏幕角，指挥前台人物之节奏，进退”，“一经吕仰平兄之导演……令人喜不可支。”同年为女中导演《母归》，《母归》还受市女青年会之邀在中西新礼堂演出。《大公报》评论道：演出“使观众落下无数同情的眼泪……使人很满意的，当然是属《母归》了”，“震撼了津市一九三五年上半季的落寞，是很值得注意的。”

当孤松剧团决定排演《雷雨》时，校长时子周邀请导演，那是非吕仰平莫属了。吕仰平推掉了《财狂》的演出，接受了导演《雷雨》的任务。吕仰平在《益世报·孤松剧团公演〈雷雨〉专号》“导演的话”中说：“最要紧的，是那序幕尾声，我绝对的主张删去。意思并不是剧本必须修改，实在是为了上演方便起见，不得不有这一番工作。”他并且赞扬，说“他们布置这一切的人……统统是演员兼职员，这样一个重大的剧本，就有这十一二个人满做成了，他们这‘苦干’的精神”，方才使得这次演出获得了很大的成功。

吕仰平在导演了《雷雨》之后，1936年为女中毕业班导演《人之道》和《逃犯的祸福》，同年为男中毕业班导演了《枉费心机》并担任化装，同年6月又成功地为天津春笋剧社导演了《自杀》、《压迫》和《艺术家》这三部剧。1937年为男中毕业班导演了《国民公敌》，黄宗江饰该剧女主角司铎克夫人。当时的学生评论家、后来成为剧作家的王松声在评论黄宗江扮演的夫人时写道，其美丽形象的“背影有如希腊女神塑像”。

曹禺剧作与“话剧皇后”

焦尚志

崛起于20世纪30年代的中国旅行剧团，在其走南闯北、艰苦探索的演出过程中，正是《雷雨》《日出》等曹禺剧作，全面提升了剧团的演艺水平，从而创造了其职业演出的一次次奇迹与辉煌，同时也使一些有潜质的优秀演员大放异彩，脱颖而出。唐若青就是其中的佼佼者。

唐若青，团长唐槐秋之长女，中旅台柱演员之一。在剧团初创期（1934—1935年）她还是十六七岁的少女之时，就曾担演过《梅萝香》《少奶奶的扇子》《茶花女》等外国名剧的重要角色，逐渐显露出她的表演才能。尤其是《茶花女》中她扮演的女主角玛格丽特，获得了京津观众的广泛好评。

然而，唐若青演艺才能、潜质的充分展现，却是在《雷雨》《日出》的演出过程中。1935年10月初，中旅来天津首次演出《雷雨》，唐若青饰演鲁妈（侍萍）这一悲剧形象，她以对角色的深入体验与非凡的演技而震惊观众。当时《大公报》等报纸刊登的评论指出：“演员中最堪注意的要算是唐若青。她这次扮演侍萍，表现慈母的内心动作，使人惊叹为特异的天才。”“没想到会饰小姐少奶奶的唐若青也会饰这老夫人的角色”，而且“她已经化身为心中蕴蓄了许多隐痛的鲁侍萍了”。

1937年6月，中旅在上海卡尔登大戏院演出的《日出》，把唐若青的表演艺术推向了纯熟、绚烂的境界：她主演陈白露，焕发出了夺目的光彩，获得巨大成功。这固然得益于导演欧阳予倩的精心指导，但更与剧作家的创作初衷有重要关联。自中旅演出《雷雨》之后，曹禺十分推重他们高水平的表、导演艺术，尤其激赏唐槐秋、戴涯、赵慧深、唐若青、陶金等杰出演员风采独具的表演艺术。唐若青在《茶花女》《雷雨》等剧中深刻动人的表演，更给他留下难忘的印象，从而激发了曹禺继续为中旅写剧本的强烈愿望。不久诞生的《日出》，其创作动机之一就是为了中旅的舞台演出，而作为剧中主角的陈白露，曹禺又是在一定程度上依据唐若青的形象、性格和表演特点进行设计与创造的。这就为唐若青充分施展她的演艺才华和创造表演艺术的辉煌提供了难得的机遇与条件。

在《日出》的演出中，唐若青正是运用她那卓越的演艺才能，通过对角色矛盾、复杂的内心世界的深入体验与饱含激情而又细致入微的传神表演，出色地完成了陈白露这一动人的悲剧形象的舞台创造：时而像是久经风尘，时而像是单纯的少女；时而玩世不恭，时而满腔正义；时而放纵任性，时而感伤厌世——陈白露这些矛盾、怪诞的一系列心理动作、不可摆脱的悲剧心理活动与难言的灵魂隐痛，就这样含蓄、深沉而又震撼人心地被表现出来，极大地征服了观众。正是对陈白露这一不同凡响的舞台形象的成功创造，使唐若青获得了“话剧皇后”的美誉。

李邦佐四导《雷雨》

张绍祖

天津著名戏剧艺术家李邦佐在《我和雷雨》一文中说："我个人迷上戏剧便是从《雷雨》开始的，先是读剧本，再就是看中旅于 1935 年在天津新新戏院（后为滨江道新闻影院，笔者注）的演出。那时我还在南开中学读高中，看后印象十分深刻。如以戴涯演周朴园、唐若青演鲁侍萍、陶金演周萍、童毅演四凤、姜明演鲁贵、赵慧深演蘩漪……都是一时上选。"但李邦佐最钟情的还是戴涯演的周朴园，并梦想有朝一日也演演这个角色。说来他与《雷雨》确是有缘，一生三演周朴园，四导《雷雨》。

1942 年春节，李邦佐在上海红宝剧场真的演了周朴园，且与姜明、童毅同台。然而那是在十分尴尬的情况下被推上舞台的。当时上演《雷雨》的是梅熹、梅阡组成的未名剧团，李邦佐被邀请担任编导组长。本来周朴园由影星周刍担任，不料演出前一小时，周刍因接到拍片任务，来电话告知不能演出了。梅阡与李邦佐是东吴大学同学挚友，便恳请他代演。万般无奈，只好粉墨登场。周朴园照例应着中装，可他身材高大，一时难觅合适中装，只好着西装登台，实为创举。当时虽为数九寒天，他在台上却直冒热汗，临到剧终，幸亏没让观众轰下台。

第一次导《雷雨》是 1945 年 7 月。当时李邦佐在上海南艺旅行剧团当导演，长期在天津北洋戏院（今延安影剧院）演出，手头一时没有合适的剧本，便想到了《雷雨》。为了招揽观众，顾也鲁、严化要他除导演外，再客串周朴园，并在广告上大加渲染。时值盛夏，他被捂出了一身痱子，但又过了一次演周朴园的瘾。

第二次导《雷雨》是 1946 年 4 月。1945 年抗战胜利后,李邦佐北返天津,考入中国人民银行天津分行当职员。同年 10 月 17 日,南开中学在津复校。1946 年 4 月 5 日,南开师生为欢迎张伯苓校长旅美回国,在津欢庆七十大寿,特别在南中瑞廷礼堂排演曹禺《雷雨》一剧,由李邦佐以校友身份返校执导,获得极大的成功。该剧后来为募捐又售票公演三天,京津报刊都作了报道。

第三次导《雷雨》是 1950 年。中国人民银行天津分行工会业余排演《雷雨》,请李邦佐出山当导演,同时演周朴园。因是工会领导交付的任务,又是个人喜好,他于是将所有业余时间都用在排《雷雨》上了。

第四次导《雷雨》是 1996 年 4 月。为纪念近代教育家张伯苓诞辰一百二十周年,南开师生"四世同堂",再度排演《雷雨》。李邦佐任导演,演员有演过 1946 年版《雷雨》的几位四八届校友,还有五二届、五七届的校友和当时南大的在校生。演出地点仍在南开中学瑞廷礼堂。这次演出不仅在南开话剧史上值得一书,在我国话剧史上也属艺坛佳话。曹禺闻知后,不断地连声向导演和演出人员致谢,他对这些校友们说"祝贺大家演出成功"。这次演出的编导、演员受到天津市政府领导的接见,天津电视台、电台作了实况播放,《天津日报》《今晚报》《天津老年时报》等都作了报道,并刊发了剧照。演出录像带还传递到加拿大、美国、新加坡及中国香港等地,受到海内外南开校友的赞誉。为了纪念这次演出,李邦佐还即兴写了一首绝句:几多白发杂红颜,粉墨登场不计年。四世同堂襄盛举,纵非绝后亦空前。

天津籍四位大师

谭汝为

回顾中国话剧史，人们会感到惊奇：天津籍的四位戏剧大师曹禺、焦菊隐、梅阡、于是之，撑起北京人艺的一片蓝天！

出生于天津的曹禺(1910—1996)，十四五岁在南开学校读书时，就积极参加新剧团活动，演出多出外国名剧，并任《南开双周》戏剧编辑。1928年升入南开大学政治学系，1929年转入清华大学西洋文学系读书。1933年在大学即将毕业时，完成构思于天津的多幕剧《雷雨》。1935年在天津体验生活并创作《日出》。此外，还创作了《原野》《北京人》等一系列优秀作品。其作品对表演艺术和舞台艺术产生了深远影响，使话剧真正成为综合性艺术。曹禺担任北京人民艺术剧院院长、中国戏剧家协会主席。对于北京人艺，曹公倾注了全部心血。从1952年建院到他生命的最后一刻，他一直领导和关怀着剧院的艺术建设。他的作品培养了北京人艺一代又一代的导演、演员、舞美和观众。

出生于天津的焦菊隐(1905—1975)，在五四运动前后即参加学生新剧社，从事校园文学戏剧活动。1931年筹办北京中华戏曲专科学校并任校长，为京剧界培养了一批表演艺术家。1935年留学法国并获巴黎大学文学博士学位。抗战胜利后，创办北平艺术馆，导演话剧《夜店》《上海屋檐下》。1949年就任北京师范大学文学院院长兼西语系主任。北京人民艺术剧院建院后，任第一副院长兼总导演，先后导演《龙须沟》《虎符》《茶馆》《智取威虎山》《蔡文姬》《胆剑篇》《武则天》《关汉卿》等名剧。焦菊隐治学严谨，勇于创新，善于把中国戏曲美学和表演技巧融会贯通地运用到话剧艺术之中,开创了自成一家的导演学派。

出生于天津的梅阡（1916—2002），自 1939 年起从事影剧编导工作,曾编导《第二代》《满庭芳》《复活》《桃花扇》等十多部电影。长期担任北京人民艺术剧院导演，编导各具特色作品近三十部。其中根据老舍原著改编并导演的《骆驼祥子》,根据鲁迅七篇小说人物情节编导的《咸亨酒店》以及《女店员》《丹心谱》《王昭君》等,都是北京人艺优秀保留剧目。他与焦菊隐合导的《虎符》《武则天》《胆剑篇》等历史剧,在话剧民族化探索上做出巨大贡献。梅阡与焦菊隐、夏淳、欧阳山尊并称"北京人艺四大导演",开创并奠定了北京人艺的演剧风格。

原籍天津的于是之(1927—2013),生于唐山。1942 年参加北平青年组织的业余戏剧活动,1947 年进入北平艺术馆,参加《上海屋檐下》《大团圆》等剧演出。1949 年参加华北人民文工团(北京人民艺术剧院前身),塑造了《龙须沟》中程疯子的艺术形象。后相继演出《关汉卿》《雷雨》《名优之死》《茶馆》《女店员》《丹心谱》《请君入瓮》《洋麻将》等剧,皆获成功。1985 年当选中国戏剧家协会副主席,1988 年当选北京市戏剧家协会主席。

曹、焦、梅、于四位大师,皆为天津籍,绝非偶然。从一个侧面昭示了天津城市文化中西交汇、雅俗融合、开放多元的特点。在天津出生、成长的曹禺和焦菊隐,皆为学贯中西、颇具学者风范的戏剧大师。梅阡、于是之也属于学者型艺术大家。分析天津文化与戏剧大师成才的关系,有以下几个因素:海河之水的滋养,使他们胸襟宽敞、视野开阔;中西文明、南北文化交融的沃土哺育,使他们夯实了厚重而丰富的生活基础;多元的城市文艺,使他们从小就广博地接受不同地域、流派、风格的戏曲艺术形式的熏陶;商贾云聚、八方辐辏、华洋杂处、古今兼容、中西并蓄、丰富多彩的多元化社会生活,为他们提供了取之不尽的创作素材。另外,曹禺、焦菊隐、梅阡等戏剧大师的成才,还得益于故乡学校的培养教育。

苏州评弹《雷雨》

缪志明

苏州评弹名家盛小云2013年5月携评弹《雷雨》二度进京，巡演于各高校，以纪念《雷雨》诞生八十周年。出于好奇，我到网上搜索演出视频，结果一下被其吸引住，演员那"清晰的口齿沉重的字，动人的声韵醉人的音"（表演艺术家苏民赞语），令人陶醉，无怪乎此前全国数十所高校竞相邀其前往演出并好评如潮了，亦无怪乎2010年中国文联与文化部举办纪念曹禺诞辰一百周年展演时，曾专邀其作为唯一一台非话剧艺种进京演出了。

在我看来，苏州评弹《雷雨》的改编成功，至少得益于以下三方面要素。

一是演员本身具有精深造诣与巨大魅力。主演这部评弹的盛小云，是颇具影响力的评弹名家。她嗓音甜润清丽，运腔委婉自如，说与唱都极具韵味，尽得俞、丽、蒋等派之精华。她曾以长篇弹词《啼笑姻缘》《游龙传》《白罗山》出演美国、加拿大、法国、荷兰与新加坡，并于2004、2005年分别在上海、杭州、苏州、台湾等地成功举办轰动一时的个人演唱会。而与其合作者，亦均为功力深厚的当代评弹翘楚，如角色鲜明的施斌、清俊儒雅的徐惠新、幽默戏谑的吴静、清纯恬淡的陈琰等，他们都为演出增色不少。

二是改编指导者具有高卓的专业学识。据盛小云说，将《雷雨》改编为评弹，她很早就有此种想法，但直到2008年，她才在一位上海企业家主动赞助下，开始组织班子编写台本。没想到，经半年努力而形成的初稿，却遭到无情的否决。困难中，她想到了苏州大学中文系教授朱栋霖

苏州评弹《雷雨》宣传画

先生。在朱先生的指导下，演出台本弱化了“鲁妈”线索，而将蘩漪与周萍作为矛盾主线：第一回《山雨欲来》，围绕“喝药”展开故事情节；第二回《夜雨情探》，以周萍雨夜探望四凤互诉衷情推动剧情发展；第三回《骤雨惊雷》，表现蘩漪于雷雨交加之夜悲愤、绝望地撕开周家伦理隐情，将悲剧推向高潮。由于主线分明，结构合理，两个半小时的演出，观众能被紧紧抓住并且深受感染。朱先生则凭借《经典〈雷雨〉：从话剧到苏州评弹》一文，荣获第七届牡丹奖理论奖。

三是观众定位颇为精准。苏州市评弹团《雷雨》剧组从一开始，便将大学生设为自己的主要观众群，同时采取赴高校巡演之方式，主动将戏送到大学生中间。为引起大学生共鸣，他们将原话剧中的心理活动都改成了对话，并将蘩漪重塑为“痛苦的蘩漪”，同时又给周萍“一个忏悔的机会”。此外，还增加了蘩漪和周萍的前传。总之，是在努力贴近当代年轻人的审美情趣。

自 2009 年正式上演于中国评弹艺术节以来，这个由八位演员参与演出的中篇评弹，已获各方面美评。钱理群先生认为：评弹《雷雨》完成了“20 世纪 30 年代的话剧到 21 世纪今天的转变”。这种褒赞，无疑是对改编者与演出者以创新精神弘扬话剧经典的一种充分肯定。

天津人艺与《雷雨》

高长德

作为曹禺故乡的专业话剧院，天津人民艺术剧院对曹禺的作品情有独钟，建院六十多年来，他们怀着敬畏之心，不断把《雷雨》《日出》《原野》推上舞台。《雷雨》自1956年开始至今，六次复排、十次公演，现已成为剧院常态演出的保留剧目，六代演员中的佼佼者参与其中，使《雷雨》在天津的舞台上“雷声”不断。更难能可贵的是，他们以不断探索、大胆创新的精神，不断深入开掘剧本的内涵，使每次排演，都有新的解读和创新。

一

1956年，为了响应第二次全国文代会提出重视“五四”以来优秀文艺作品的号召，天津人艺决定排演《雷雨》，这是剧院建院以来第一次排演“五四”以来的优秀剧目，组成了强大的阵容。方沉担任导演，他从此与《雷雨》结下不解之缘，时至今日剧院演出的《雷雨》都是他和夫人丁小平排演的，他们夫妇文化底蕴丰厚，肯于钻研、创新，在现实主义的基础上，方导演强调人物的剖析、全剧的民情风俗和天津地域特色，丁导演用新时代的观点深读剧本，大胆运用新的手法展现作者的初衷，他们的共同点是强调剧中“第九个角色”——被称作“雷雨”的好汉。

演员阵容堪称豪华，扮演蘩漪的严斐，是20世纪30年代上海滩的电影明星，是与王人美、黎莉莉同时代的“明月歌舞社”的演员。导演看重的是她多年的演艺经验和对剧中表现的时代有直接的感受。正巧严斐的老朋友、同时代的明星吕恩在北京人艺的《雷雨》里演蘩漪，她就多次奔赴北京请教，还把吕恩请到天津，在自己家里朝夕与共地交流、探讨。严斐一改泼辣、粗犷的表演风格，成功塑造了血肉丰满、生动细腻的蘩漪艺术形象。她的老朋友——电影艺术家张瑞芳、白穆、张翼看完演出以后都挑大拇指。

当时处于天津人艺一号男主演位置的张孝禹扮演周萍，他多才多艺，知识广博，有深厚的生活底蕴，表演上沉稳大方。在建国前他曾参加过一次广播剧《雷雨》的演播，从而对《雷雨》倾慕已久，这次能扮演周萍，使多年的愿望实现。在舞台上他演活了周萍的灵魂，给观众留下难忘的印象，著名学者田本相至今谈起来还念念不忘，赞赏有加。

1956 年天津人艺第一次排演《雷雨》，导演方沉

扮演四凤的石崴，是资深的老演员，新中国成立前她就曾和著名演员傅维廉（他是第一个在电影《雷雨》中扮演周朴园的演员）、林默予、周楚、张瞳、董行佶等演出《雷雨》，导演方沉曾看过他们的演出，对石崴的表演十分认可。改革开放以后随着岁月的推移，石崴又扮演过鲁妈，从四凤到鲁妈，两个角色使她与《雷雨》一生结缘。

在戏中扮演鲁妈和鲁贵的是两位老革命艺术家齐玉珍、尹一刚。齐玉珍是革命烈士的后代，她 1939 年参加华北群众剧社，1948 年周恩来同志在平山县观看群众剧社演出以后，专门点名会见齐玉珍，称赞他们家庭成员为革命做出的贡献。长期火热斗争的洗礼，不仅使她演技纯熟，还培养了她淳朴、善良、刚强的性格，所以她演绎的鲁妈既含蓄又深沉。尹一刚是抗日时期参加八路军的文艺老兵,是抗敌剧社的演员,曾在舞台上塑造过许多战士、伙夫等形象,在军旅文艺队伍中颇有名气。他把鲁贵卑琐小人的形象,刻画的惟妙惟肖。

在演员阵容中还有三位青年:扮演周朴园的肖林,华北大学毕业以后到天津人艺做文化教员,一个偶然的机会在《龙须沟》中扮演了一个小角色,展露了表演的潜质,被院长赵路一眼相中调入演员队。剧院从第一次演出《雷雨》,直到改革开放以后的多次复排,肖林始终是扮演周朴园的不二人选,从二十几岁演到退休以后,与四代演员合作,成为话剧舞台的常青树。扮演鲁大海的念凡是工人出身的演员,他质朴的外形,充满激情的表演,为鲁大海这个人物注入了亮色。扮演周冲的赵连甲,是从天津第一中学进入剧院不久的青年演员,上学时期就是小有名气的业余话剧演员。

方沉的导演风格激情四射、大刀阔斧、节奏流畅,注重舞台外部形式表现,这次他格外的用心、细致,投入了极大的心血。在讲阶级斗争、视资产阶级"人性论"为洪水猛兽的年代,如何面对这部经典,对每一位创作者都是挑战,犹如带着镣铐跳舞。难能可贵的是这一批老艺术家头脑是清醒的,方沉提出:"这部戏中的人物、情节有许多地方带有阶级矛盾,但不是写阶级斗争的剧本,主题是反封建。"他带着演员们反复深读原著,努力挖掘作者的初衷,从寻找人物"种子"、最高任务、行为逻辑入手,写角色自传,记排演日记,到老英租界泰安道、老龙头火车站后面的地道外踏访、寻觅当年的感觉。他让念凡去开滦煤矿体验生活,强调用戏剧创作规律分析人物、体现人物,避免概念化。在舞美上也下了大工夫,他运用大量的滚雷板、霹雷片、风车、雨扇、大鼓和录音机等工具,把舞台上的雷雨表现到极致。

资深的舞美设计马进,把我们熟悉的"五大道"小洋楼的元素,巧妙地浓缩到舞台上。

这次演出红极一时,连演月余场场客满,星期日还要加演日场,有人半夜去剧场门前等待购票。有一场演出开演后演鲁贵的尹一刚嗓音突然失音，紧急请老演员阎珉救场，他竟然没有经过排练，从第三幕上场，把戏圆满地完成，成为剧院演出史上轶事之一，更足证《雷雨》深入演员心中之深。

二

1959年，天津人民艺术剧院再次排演《雷雨》。这次排演仍由方沉导演，基本保持第一版的现实主义的风格，强调反封建的主题。演员阵容做了适当调整，肖林、齐玉珍、念凡仍然扮演周朴园、鲁妈和鲁大海，由颜美怡扮演蘩漪，左杰扮演周萍，陈洁扮演四凤，尹一刚、路希扮演鲁贵，高长德扮演周冲。马超担任鲁大海B角。

此时的颜美怡经过主演电影《女司机》、话剧《普拉东·克列其特》《家》《钗头凤》等戏，已成长为观众非常喜欢的剧院当家女主演。她和所有话剧演员一样，盼望着能在曹禺剧目中扮演一个角色，在中学读书的时候，她曾在业余剧团里演过四凤，这次排演她多希望再次扮演四凤，那将是非常过瘾的演戏经历。可导演慧眼识珠，偏偏让她扮演蘩漪，颜美怡积极应对挑战，她深读剧本，广泛涉猎资料，借鉴前人经验，日夜沉浸在角色的世界里，不但交出了完美的答卷，也使她在通往成熟艺术家的道路上，迈出了坚实的一步。她的爱人左杰扮演周萍，夫妇二人同台飙戏，有大量的对手戏，成了剧坛一段佳话。虽然夫妻俩随时随地切磋、交流，很容易配合默契，但是一对和谐的夫妻，在舞台上演绎情感的搏斗、厮杀还是要克服许多难点的，他们高超的演技在戏中碰撞出许多火花。从此他们夫妻与《雷雨》结下了情缘，直到双双离休以后，还经常在不同的场合表演片段。在美国探亲期间，华人联欢会上，他们已然满头白发，仍表演了蘩漪和周萍的精彩片段，赢得大家阵阵掌声。

陈洁扮演的四凤令人眼前一亮，她丰满、淳朴的形象，甜美的声音，灵动、单纯的眼神，甚至连鼻尖上不断渗透的汗珠，都颇似曹禺笔下描写的四凤。

这次演出从 1959 年第四季度延续到 1960 年。

1962 年,天津人艺第三次排演《雷雨》,这次公演,导演方沉基本保持上一版处理,演员阵容有所加强,严斐、张孝禹、阎珉加盟,与上一版的演员轮流扮演蘩漪、周萍和鲁贵。

三

1982 年,剧院决定第四次排演《雷雨》,由丁小平导演。改革开放的春风,国外的戏剧观念的传入,使她很想用新手法诠释经典。曹禺在《日出》跋中写道:“我常常纳闷,何以我每次写戏总把主要人物漏掉,《雷雨》是原有第九个角色,而且是最重要的,我没有写进去,那就是称为雷雨的好汉,他几乎总是在场,他手下操纵其余八个傀儡,而我总不能明显地添加上这个人,于是导演们也仿佛忘掉他。”这一段话撬开了丁导演探索的大门,调动了她大胆的构思和丰富的想象,她要把“第九个角色”请到台上来,主宰剧中所有人物的命运。她带着满脑子新鲜的想法、忐忑不安的心情,奔到曹禺的病床旁,一股脑地说出了自己的想法。曹禺给予充分的肯定,他说“我喜欢导演对我的剧本有独到的见解”,他还给导演删减剧本的权利。带着曹禺的信任和支持,丁导演在尊重现实主义的基础上,大胆突破传统演出的定式,着重强调剧本的表现主义、象征主义的色彩,舞台上斜平台、框架结构代替了有屋顶和墙壁的布景,黑色的幕布、绿色的绳幕象征着宇宙是一口残酷的井。在导演处理上,安排了三个梦:鲁妈逝去的梦、四凤的噩梦、蘩漪破碎的梦。在全剧的首尾安排空镜头,代替序幕和尾声。聘请著名作曲家杜鸣心作曲,是《雷雨》演出第一次有了背景音乐。才华横溢的舞美设计张燕生大胆创新,出色地体现了导演的理念和追求。

新版《雷雨》还是肖林扮演周朴园、左杰扮演周萍,石崴扮演了鲁妈,实现了她从四凤到鲁妈的过渡。阎珉扮演鲁贵,安瑞云扮演鲁大海。扮演周冲的李强、扮演四凤的张媛媛,是 1972 年进院的学员,是丁小平导演的学生,他们当中涌现了陈道明、李秀明、张玉玉等优秀演员,李强

天津人艺1982年版《雷雨》剧照，导演丁小平

和张媛媛也是他们中间的佼佼者。扮演蘩漪的常汝言，是中央戏剧学院毕业的高材生，高雅的气质，细腻、深沉、充满激情的表演，使她成为剧院新一代女主演的代表人物，她对导演的构思理解得深透，出色地完成了出演剧院第三代蘩漪的任务。

新版《雷雨》的演出，突破了半个世纪以来《雷雨》演出的定式，为《雷雨》演出史做出了创造性的贡献，引起我国话剧界的极大关注，北京等地的同行们纷纷来津观摩，组织研讨。有的专家赞扬说，这部戏“烧出了《雷雨》的真味儿”。

四

1997 年，天津人艺第五次排演《雷雨》，作为实验剧场的开业剧目，方沉导演第四次执导，设计朱张。《雷雨》成功落户三百座位的小剧场，开启日后在大小剧场均能演出的先河。小剧场演出《雷雨》更有味道，观众好像坐在周家客厅和鲁家窗外，观看人物命运的搏斗。

这一次导演沿用了传统演出方式，但是却认真总结了剧院四十年来演出《雷雨》经验和体会，借鉴和吸收了近年来《雷雨》研究的新成果，对人物的诠释和在几段戏的处理上，力求更能体现曹禺大师的原意。

和每次排演《雷雨》一样，在演员安排上总是新老搭配，把某个时期崭露头角的演员选入其中，以便锤炼他们的演技。肖林经过四十年的《雷雨》演出，此次还是扮演周朴园的第一人选，这是一位老演员一生值得骄傲的经历。另三位老演员常汝言、杨宏雯和郝仲臣，分别扮演蘩漪、鲁侍萍和鲁贵。青年演员张金元饰演周萍、刘景范饰演鲁大海，他们是剧院冉冉上升的第三代演员中的佼佼者，而扮演四凤的朱逸萱和扮演周冲的孙晨曦则是剧院有史以来扮演这两个角色最年轻的演员。这一版《雷雨》断断续续演出了一年之久，每次演出演员们都会有新的感悟、新的提高。

2002 年，剧院排演第六版《雷雨》，这是剧院《雷雨》演出史上的一次转折，实现了新老交替。导演方沉于 2001 年不幸逝世，他的夫人丁小平接过重任。演员阵容做了较大的调整，一批优秀的中青年演员加盟，几乎所有的角色都安排 AB 制，扮演周萍的竟有三位实力派演员。演出面貌也大有改变，既尊重传统又适应当代观众的审美心理，全剧结构紧凑、台词节奏加快，舞台美术也增强了时代气息，给人耳目一新的感觉。中国曹禺研究会称赞这次演出是“对中国话剧艺术的唤醒和重温”。

2010 年以来，从剧院有计划的第十次公演《雷雨》开始，把《雷雨》

《日出》《原野》列入剧院的保留剧目、压箱底的看家戏，至今每年都有一定数量的演出，不但在天津演，还多次进京，远赴广东、台湾等地，所到之处受到当地观众热烈的欢迎，产生了众多的《雷雨》粉丝。广东中山的观众称赞说："这是曹禺故乡来的正版《雷雨》。"一大批青年演员在曹禺的名著中成长，据我不完全的统计，扮演周朴园的有王继世、张金元（他从周萍演到周朴园）；扮演蘩漪的是梅花奖获得者温丽琴，她出色地完成了剧院第四代蘩漪的重任；扮演周萍的有罗钧、朱琛、黄涛；扮演鲁侍萍的有徐淑珍、周建荣，扮演四凤的是朱逸萱；扮演鲁贵的是王世文；扮演周冲的有孙晨曦、高扬、韩明；扮演鲁大海有张士东、杨洋、张星辉等，他们与老演员相比，思想上更活跃，表演上更具创造力。

在演出的同时，演员们还不断到观众中间进行联欢、讲座活动，加深观众对《雷雨》的理解。2002 年 7 月，剧院和今晚报社等单位组织了"走进话剧经典学演《雷雨》大赛"，有一百七十多名市民报名参加，其中年纪最大的七十六岁，最小的十四岁，剧院演员热心地为参赛选手进行辅导。剧院还开放剧场、排练场，提供正式演出的服装、道具，使他们身临其境体味经典、圆梦舞台，在社会上掀起一股《雷雨》热。

把曹禺的经典《雷雨》《日出》《原野》，一代一代传下来，使其成为剧院"镇院之宝"，进行常态性的演出，是剧院剧目建设上的明智之举。当今剧院人才济济，演员们年轻有为，精彩地诠释角色不是什么难事，但是如何像前辈那样，不断探索、细读、深读原著，挖掘作品丰富的内涵，升华《雷雨》的意义，大胆实践新的演出样式，恐怕还是今后多年奋斗的目标。

评剧名家版《雷雨》

高长德

《雷雨》八十年来在话剧舞台上久演不衰，多年来京剧、沪剧、越剧、甬剧、粤剧、黄梅戏、评弹、歌剧、舞剧等艺术形式，也把它成功地改编搬上舞台。2006年，天津舞台上出现了评剧名家版《雷雨》，以鲜明的戏曲风格、浓郁的评剧特色、名家荟萃、流派纷呈，在剧坛引起轰动。

这部戏是由天津评剧表演艺术家崔连润组建的“崔连润文化艺术工作室”策划、制作的，用评剧形式演绎经典《雷雨》，是崔连润多年的愿望，这是她组建工作室以后的第一部剧目。

著名剧作家赵大民应邀改编剧本，他反对颠覆经典，也避免只是艺术形式的转换，要在审美思维上进行较大的突破，保留悲剧内核、情节架构和人物的命运、性格，追求戏曲化、个性化、评剧化。为此，他把一些暗场戏推到了前场，为每个角色编写了大段的展示内心活动的唱段，全剧以蘩漪为主线，删掉了鲁大海、周冲两个人物。第三幕结尾，四凤冲出家门奔赴周府，话剧只是幕后的情节，大民同志写了一场四凤在海河岸边奔跑的明场戏，雷电交加，滂沱大雨，撕心裂肺的唱段，激烈的舞蹈身段，充分发挥了戏曲表演的特长，产生了强烈的艺术震撼力。为了表现蘩漪内心的苦痛和挣扎，与其他人物心灵的碰撞，为她设计了独唱、对唱、合唱、三人背躬唱等方式。全部戏角色对白很少，用演员的精彩演唱，充分展现人物的内心活动。

著名导演谢平安应邀担任该剧导演，天津人艺著名设计王卫中担任舞美设计，这是他们和赵大民同志继京剧《华子良》以后的又一次合作。为了请到繁忙的谢导演，崔连润可谓煞费苦心，从天津追到北京，又追到上海，诚诚恳恳，苦口婆心。她还细心地了解其他剧院排演日程，硬是从天津京剧院那里挤出七天的时间，谢导演终于为她的精神所感动。崔连润极力聘请谢导演的目的是打造精品，是让他把关避免话剧加唱，在舞台二度创作中强化戏曲化手段。

这出戏最大的亮点是演员名家荟萃、流派纷呈，崔连润利用她在评剧界奋斗五十余年获得的极强人脉，邀请了北京、沈阳、天津评剧界各流派代表人物聚集一堂。崔连润出演蘩漪，她是"鲜（灵霞）派"的优秀传人；扮演鲁妈的刘萍是"白（玉霜）派"代表人物；扮演四凤的谷文月是"新派"创始人新凤霞的嫡传弟子；扮演周朴园的王有才是"马（泰）派"得意门生；扮演鲁贵的李维铨是"魏（荣元）派"优秀传人；扮演周萍的徐培成是"张（德福）派"著名演员。这部戏囊括了当今评剧的主要流派，他们都曾有过辉煌的艺术成就，全是国家一级演员，有四位"梅花奖"获得者。但是如今大都息影舞台，都上了年纪，为了用自己挚爱的评剧艺术演绎经典，为了吸引更多的青年人热爱评剧，他们凝聚在一起，克服了一个又一个困难。谷文月当年已届六十三岁，要扮演十八岁的四凤，还有"跪戳步"、"大翻身"等许多高难动作，她用"饥饿法"使体重减了十

2006 年天津评剧院改编上演评剧版《雷雨》

斤，从开始排练就摸爬滚打一丝不苟，终于用甜美的声音、真挚的表演征服了观众。

在一部戏里同时容纳六个流派的唱腔，是过去戏曲剧目没有过的，音乐、唱腔处理的好坏是这部戏成功与否的关键。由著名作曲家、唱腔设计李凤阁、陈钧、刘文田、董生、李娟文组成强大的设计班子，他们以集体的智慧，精心迎接挑战，在建立全剧音乐形象的基础上，根据人物情感的需要，充分展示各派最典型的艺术特色，又要和谐地融合在一起，不但要避免“大杂烩”，还要相映生辉。他们还大胆地进行新的尝试，比如在蘩漪“刘派”唱腔中，吸收京剧“程派”的旋律，使高亢激越中多了几分哀怨和凄美，把蘩漪痴情破灭、爱恨交加的复杂心情，展示得淋漓尽致。

如此豪华的阵容，如此精心的制作，一经问世自然引起轰动，先在天津公演，随即到北京，采取低票价、免赠票的运营模式，面向广大群众，观众们把戏票抢购一空，观后大呼过瘾。2006 年年底到唐山，参加第五届中国评剧节特邀展演，业内专家、同行给予高度赞誉。

为了把这出戏保留下来，2010 年以后排练了新版评剧《雷雨》，崔连润的弟子梁荣、谷文月的弟子王丽京接过师傅扮演的角色，梅花奖获得者赵斌扮演周萍，“白派”传人刘慧欣扮演鲁妈，“魏派”老演员韩学门扮演鲁贵，王有才仍然扮演周朴园。这新老结合的阵容 2012 年又登上第八届中国评剧节的舞台，获得了“特别荣誉奖”，梁荣、王丽京获得“优秀表演奖”。作为纪念曹禺诞辰百年、“永远的曹禺戏剧周”的闭幕剧目，他们在曹禺剧院演出一场，演员们激动地说：“我们在万家公馆的客厅里演《雷雨》，这感觉太美妙了。”

一次别开生面的演出

高长德

2007 年 3 月 30 日，天津五所大学的学生和天津人民艺术剧院的专业演员,以“折子戏”的方法,联合演出了《雷雨》,这别开生面的形式,为天津《雷雨》演出史留下一段佳话。

2007 年是中国话剧诞生一百周年,中央和全国各地都举办纪念活动,天津的活动最先展开。天津市教委、市文联、南开大学文学院主办,天津市剧协、天津人艺承办。中国话剧起源于校园,天津南开的校园戏剧,对中国话剧的贡献已载入史册。天津是北方话剧的摇篮,一百年来天津的校园戏剧连绵不断,因此把天津的纪念活动主题定为“艺术教育与校园戏剧”。除了研讨会、校园戏剧展演,开幕式选在南开大学东方艺术系大楼演出《雷雨》。曹禺大师是南开校友,他的戏剧生涯从这里起步。大家惊喜地发现,此时天津的校园戏剧不但蓬勃发展,而且不少同学在演出《雷雨》、探索《雷雨》,于是一个大胆、新鲜,能承载天津与中国话剧紧密关系和感情的想法诞生了:联合演出《雷雨》。

天津人艺研究《雷雨》的专家、著名导演丁小平担任联合演出的总导演,她把全剧分成“鲁贵说鬼”、“蘩漪喝药”、“周萍、四凤谈情”、“周朴园与鲁妈相认”、“四凤起誓”、“周萍与四凤出逃”和“悲剧大结局”等连续的片段。由南开大学外国语学院“外文剧社”、天津大学影视戏剧学院 、天津师范大学影视戏剧学院、天津工业大学影视戏剧系、天津音乐学院影视戏剧系的同学们和天津人艺专业演员,分别演出各个片段,形成完整的剧目。天津人艺提供了全部布景、道具、服装和音响效果。颜美怡、路希、左杰等天津人艺演过《雷雨》的几代演员到场观看。动人的场面、热烈的气氛，引起在场的戏剧人和教育工作者无限遐想和深思。

天津人艺派出了最强的阵容：张金元（饰周朴园）、温丽琴（饰蘩漪）、徐淑珍（饰鲁侍萍）、罗军（饰周萍）、朱逸萱（饰四凤）、王世文（饰鲁贵）、张士东（饰鲁大海）、孙晨曦（饰周冲），他们倾情演出了全剧结尾"大悲剧"的片段。前面参加演出的都是在校的大学生，他们充沛的激情和青春的朝气，特别是对《雷雨》和戏剧的深厚感悟，与专业演员相映生辉。

参演的同学们不但表演功力训练有素，还以不断探索的精神，大胆采用一些新的手法，深入挖掘原著的内涵。南开大学"外文剧社"排演过英语、俄语版《雷雨》，曹禺看过他们英语版的演出，给予极大的赞扬和鼓励。20世纪80年代他们还排演日语版《雷雨》，到日本演出大受欢迎，这次联合演出他们就是用日语台词，表演第四幕周萍、四凤苦苦哀求鲁妈放他们出走的片段。天津工业大学在校园戏剧展演中，演出了《雷雨》全剧，他们的导演有一个大胆的构思，将第三幕鲁贵家的窗户，吊在了台口，颠覆了一般演出的布景窗户在后边惯例。这个窗户是展现人物心灵的窗口，这样的处理使周萍爬窗户、蘩漪关窗户的戏就活跃起来了，观众能更清晰地感受到人物的内心活动。天津音乐学院2007年底排演《雷雨》时，探索的步子更大，把"第九个角色"——被称为"雷雨"的好汉，推到了前台。导演丁小平设计了八个"雷公"参与全剧的演出，在剧情的重要节点，在人物命运的关键时刻他们出现，用歌舞的形式"象征着渺茫不可知神秘隐喻"，探索人性潜意识领域里的深层思考，即神示、命运、社会传统意识、自然规律主宰了人的一生，创造了人间悲喜剧。这些探索还不敢说很成熟，但使经典《雷雨》在新时代有了新的亮点。

《雷雨》中的雷、雨

梁 松

我在担任天津人民艺术剧院效果设计的五十五年生涯中，有幸多次设计了《雷雨》《日出》《原野》的音乐、音响效果。《雷雨》的设计是我最难忘的，它不仅环节复杂、技术要求高，而且让我深深懂得了音响效果在一部戏中的作用和生命力，使我受益终生。

雷雨交加、日出日落、原野荒漠都是自然现象，曹禺先生不仅用它们作为剧名，还赋予它们生命。曹禺先生在《日出》跋中写道："我常常纳闷，何以我每次写戏总把主要人物漏掉，《雷雨》是原有第九个角色，而且是最重要的，我没有写进去，那就是称为雷雨的好汉，他几乎总是在场，他手下操纵八个傀儡，而我总不能明显地添加上这个人。"于是历代导演都重视《雷雨》演出的音响效果，据记载，1935 年天津师范学校"孤松剧团"演出《雷雨》时，是用铅球在地板上滚，制作雷声。我们剧院方沉、丁小平两位导演，在五十多年里，前后不下十次导演《雷雨》，他们夫妻都非常重视这"第九个角色"，引导我们大胆探索、不断创新。

20 世纪五六十年代排演《雷雨》时，方沉导演要求音响效果要像、要逼真、要有气势、要有震撼力，还要随着剧情的发展、人物情绪的变化，紧密结合演员的表演进行艺术创作。为此，我们先在制作"工具"上下工夫，那时电声设备、录音技术还不很发达，我们借鉴苏联戏剧界的经验，还有我们的发明创造，自己制作了大型"风车"、"雨车"、"劈雷器"。"风车"是一个直径有八十公分的圆木，中心有轴承架在木架上，原木表面镶嵌几十片直立的竹片，再蒙上粗帆布，人工摇动圆木，竹片帆布摩擦，发出或清柔或猛烈的风声。“雨车”和“风车”形状、工作原理相似，只是原木是空心的，里面用牛皮纸和粗布糊成不少小盒子，再放上钢珠、黄豆、红小豆，圆木外边，再蒙上粗布和牛皮纸，刷上桐油，让它干透、绷紧，摇动起来会发出各种雨声。我们还把玻璃珠子缝在大蒲叶扇子上，摇动出雨声，它轻便易操作，可以藏在布景的门窗后面，制造出细致的雨声。还要用厚薄不同的三合板、整张的铁片抖动起来，烘托雷声。剧院有一面从某个大庙调来的直径近两米、蟠桃形的双面大鼓，此鼓可谓剧院镇院之宝，直到如今每次演出《雷雨》还都要把它请出来助阵。这些工具很“土”，但他们的音响自然、真实，在人的操纵下能有“感情”。

导演对音响效果要求的非常具体、细致、严格，每次到细排阶段，就要求我到排演场，反复观看演员的表演。进入剧场彩排前，还要用几个时段专门排雷和雨。开幕时在烦人的蝉叫声中，从四面八方传来低沉的闷雷。在周朴园逼蘩漪“喝药”等桥段，从远而来、又从近扩散到天边的雷声翻滚。当第二幕结尾，几声响雷震落瓢泼大雨。第三幕是音响效果的重点场次，大幕在雨、雷交织声中拉开，雨点打在鲁家低矮房顶上的声音和落在周家大瓦房上的声音要有区别，这声音更加让人烦躁。四凤向妈妈起誓那段戏，台上只有两个演员，后台有十几个人组成一支“雷、雨”大军，手持各种“兵器”，不上场的演员都要参与其中。我像个交通指挥员，随着场上剧情的变化、人物情绪的发展，发出滚雷、远雷、近雷、响雷，层层推进，直到四凤喊出“让天上的雷劈了我”时，所有“兵器”发出最强音，构成一声撕心裂肺的炸雷，把戏推向高潮。

1982 年，丁小平导演重排《雷雨》，她大胆探索和创新，强烈而鲜明地展现了“第九个角色”，在演出形式上也有很大的突破，请著名作曲家杜鸣心作曲，使《雷雨》演出第一次有了背景音乐。突破了镜框式背景,采取开放式舞台。此时电声及录音设备已经先进了许多,我们在雷雨音响的感染力上做了改进,除保留原有器材外,又在剧场顶棚上加装了十几个自制的音箱,使雷雨的声响突破了舞台的框框,游走在观众的头顶,实现了立体声的效果,更加具有感染力,体现了导演的构思和要求。

《雷雨》在世界舞台上

曹树钧

从1935年《雷雨》在国外首演算起，至2013年，曹禺的经典剧作在世界舞台上经历了七十八年的演出历史。

在亚洲，日本、韩国、越南、新加坡是演出《雷雨》最多的四个国家。

日本学者影山三郎说：1953年他将《雷雨》再次译成日文由未来社出版，原因是，这二三年，若干自立剧团、学生小组把我手头仅剩一册的译文到处上演，直到看得破烂不堪为止。

1945年12月，越南演出《雷雨》，演出时间长达四五个小时。2004年7月，胡志明市电视台播放《雷雨》，最近几年，《雷雨》经常亮相在越南大小舞台中。

1946年7月，韩国公演《雷雨》，连演七十多场。1995年，韩国庆尚

1988年南开大学学生在日本演出《雷雨》剧照

大学中文系汉语戏剧组演出《雷雨》。为了提高中文水平，该校每年演出一次《雷雨》。

1975 年，新加坡艺术剧场演出《雷雨》，几年后艺联剧团又在维多利亚剧院几次公演《雷雨》。1988 年还特邀北京人艺权威导演夏淳，在新加坡亲自执导《雷雨》，让新加坡演员和观众深深体会到《雷雨》摄人心魄的语言魅力和戏剧张力。

南开大学学生 1988 年在日本公演《雷雨》海报

在欧洲，演出《雷雨》最多的当推苏联。从 1957 年 11 月至 12 月，苏联先后有九个剧院与中国剧协、北京人艺联系，要求演出《雷雨》。整个五六十年代，苏联剧院海报上最常见到的中国戏剧是曹禺的《雷雨》。为了与奥斯特洛夫斯基名剧《大雷雨》(俄文原名《雷雨》)相区别，曹禺的《雷雨》有时被译成各种不同的名称，如《雷雨》《暴风雨》《台风》……按不完全统计，《雷雨》这一时期在苏联演出了两千多场。

1986 年 11 月，南开大学外文系组织我国第一个用英语演出《雷雨》的剧组去美国巡演，在将近一个月的时间里，剧团在明尼苏达州的

南开大学外语系学生在美国演出《雷雨》剧照

明尼苏达大学、圣克劳德大学等九所大学以及旧金山的斯坦福大学演出了十场《雷雨》，获得美国观众很高的评价。这次演出的导演是南开大学外文系美籍专家罗兰·费希尔，他与南开师生们一起创造了一种新的增进中西方文化交流的途径。这次赴美演出的成功后来产生了连锁反应，1988 年 5 月南开大学日语专业学生排出日语版《雷雨》，之后东渡日本，在玉川等六所大学演出两周，引起轰动。

在澳洲，1988 年 11 月，《雷雨》在澳大利亚悉尼公演后，获得很大成功。

20 世纪八九十年代，在埃及首都开罗艾因·舍姆斯大学中文系，有二三十位硕士、博士研究生和几十位本科生，都十分热爱曹禺及其代表作《雷雨》《日出》，称曹禺为“最可爱的剧作家”。每年仲春，该校中文系都举行一次“中国文化周”。学生争演的保留剧目之一就是《雷雨》。埃及女大学生纳希德主演的蘩漪特别成功，获得文化周表演一等奖。

据不完全统计，迄今为止，曹禺剧作广泛活跃在二十多个国家的舞台。在中国百年话剧史上，一个剧本能在世界五大洲都上演过的剧作家唯有曹禺，剧本也唯有《雷雨》。

《雷雨》在韩国

张元卿

1945年韩国光复以后，戏剧界掀起了戏剧大众化运动，戏剧演出转向了更广泛的普通大众。曹禺的《雷雨》就是在这种情形下被搬上了韩国的戏剧舞台。

1946年7月，乐浪剧会在汉城演出了金光洲翻译的《雷雨》。这是《雷雨》在韩国的首演，据韩国学者李真淳《朝鲜演剧史》记载，这次演出获得很大成功。但因并非专业剧团演出，对原作的理解不够深刻，缺憾也很明显，如人物性格比较模糊，演技流于简单、平面化。韩国学者尹日受认为，虽然这次演出聚焦在封建家庭中受丈夫压迫的妻子的抵抗上，但演员和观众似乎更关注继母与前妻之子的乱伦。当时为了吸引观众，有的广告上甚至出现了"此剧中学生等未成年者不得入内"的字句。另外，在乐浪剧会的演出广告上，曹禺的名字常被误写作"曹商"、"曹愚"。1947年2月，乐浪剧会在汉城中央剧场又演出了金光洲翻译的《雷雨》。此前《雷雨》还曾在大邱等地巡演。

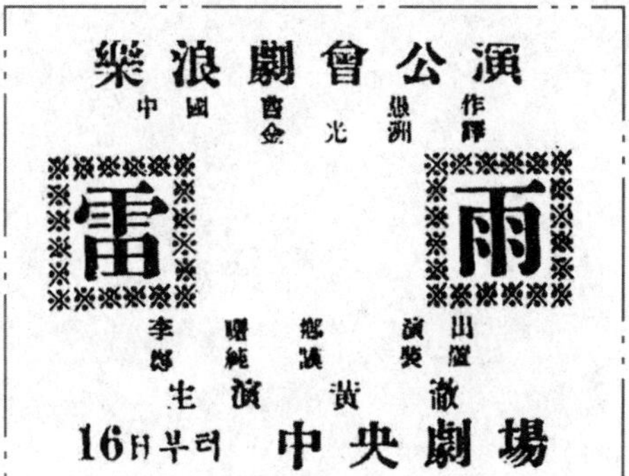

乐浪剧会第四次演出广告

1950年6月，韩国国立中央剧团演出《雷雨》，取得空前成功，"剧场一千五百客席，场场皆满，立席也没有空。演出受到热烈的欢迎，没有看到的人都希望再增加演出，于是进行了延长演出。这样《雷雨》的演出，在韩国新剧史上，创下了前所未有的纪录。（见韩相德《曹禺剧作在韩国》）”另据曹树钧称，这次《雷雨》在汉城连演七十多场，盛况空前，后因朝鲜战争爆发而中止。这次国立中央剧团没有完全按原作演出，编者柳致真删除了《序幕》和《尾声》，还对中间四幕的台词作了大幅度修改，使得这个演出剧本更侧重周家与鲁家的主仆关系，强调阶级斗争，摆脱了乱伦主题。

1953 年新协剧团在大邱、釜山等地演出《雷雨》。后来韩国政府得悉曹禺的红色背景，《雷雨》被禁演。1988 年后《雷雨》重又出现在韩国戏剧舞台上。2004 年《雷雨》又在韩国上演，据尹日受称，这次演出长达四小时三十分，基本上忠于原作，但强调了家庭的重要与劳资和谐。

20 世纪 80 年代以后，韩国研究《雷雨》的文章逐渐增多，出现了《曹禺的〈雷雨〉研究：以主题思想典型性为中心》《中国戏曲〈雷雨〉的接受样相研究》《中国戏曲〈雷雨〉的韩国公演样相研究》等一批高水平的论文，可惜这些论文没能及时地被翻译过来。

《雷雨》的首译者金光洲（1910—1973）是韩国的报人、翻译家、小说家，除了翻译曹禺等人的戏剧，他还与李容珪合译了《鲁迅短篇小说集》。

《雷雨》在日本

饭塚容

1935年4月，留日中国学生团体“中华同学新剧”（又名“中华话剧同好会”）在日本东京神田一桥讲堂演出了《雷雨》。该剧是用汉语演出的，绝大多数观众是在日的中国留学生，在场观看的日本人并不多，而东京帝国大学学生影山三郎有幸观看了这场演出。他看后很受感动，马上和中国留学生邢振铎（周萍的扮演者）一起开始翻译《雷雨》的剧本。

1936年2月，在日本著名剧作家秋田雨雀的大力协助下，日译本《雷雨》由东京汽笛社出版。全书共288页，卷首附有曹禺近照一幅、剧照四幅，还有秋田雨雀、郭沫若和曹禺本人撰写的序文，正文之后附有译者后记和首演的演员表。秋田雨雀在序文中说：“从编剧的风格来看《雷雨》，这不是一般的易卜生式三一律结构的戏，可以说是运用电影手法的戏。只有序幕和尾声的时间是现在，其他四幕都是过去发生的事情。这样的结构让这部剧作具有历史发展的必然性。”

1953年4月，影山三郎一个人重新翻译了《雷雨》，由东京未来社出版。全书318页，卷首附有作者近照一幅、首演剧照四幅，还有郭沫若和原作者的序文。正文后附有译者后记。影山三郎在后记中对作品进行了深度分析，指出：“这部悲剧，之所以富有真实感和冲击力，是因为它有着严谨的戏剧结构，以高度纯熟的表现手法将艺术性和通俗性有机地结合在一起。……《雷雨》既是一部波澜起伏的家庭悲剧，同时也是一部极具现实意义的社会悲剧，这才是《雷雨》最大的魅力。”影山三郎重译的《雷雨》,在日本引起的反响远远超过了汽笛社的第一版。后来,包括东京的剧团稻之会(1957 年)、名古屋的剧团演集(1961 年)和岐阜的剧团齿轮(1962 年)在内的多家剧团上演了《雷雨》,他们都是根据这个版本演出的。

1994 年 6 月至 8 月,内山鹑重新翻译《雷雨》,于《悲剧喜剧》第 524 至 526 期连载。内山鹑是民艺剧团的导演。据说,他曾打算让民艺剧团排演《雷雨》,结果没有实现。他在译者后记中说,本来想根据上海文化生活出版社的初版本来翻译,不过,考虑到演出上的方便,改为以四川人民出版社的《曹禺戏剧集》为底本。因此这次的翻译没有序幕和尾声。

2009 年 8 月,曹禺先生四部代表作的新译同时问世,是由话剧人社编辑、晚成书房出版的《中国现代戏曲集》系列的一种。上册由《雷雨》和《日出》构成,下册由《原野》和《北京人》构成。《雷雨》和《原野》由我翻译,《日出》由中山文、《北京人》由内山鹑翻译。四部剧作的底本是文化生活出版社的初版以及花山文艺出版社的《曹禺全集》。《雷雨》序、《日出》跋、《原野》附记都收录其中。每一部剧作都附有译者后记,下册还收录了由我撰写的《解说——曹禺的生平和创作》。

我在《雷雨》的译者后记中是这样向日本读者介绍的:“新中国成立以后,北京人艺多次演出《雷雨》,使这部戏成为话剧经典,而且此后其地位无人可及。人艺的首演是 1954 年 6 月,夏淳执导。胡宗温扮演四凤,苏民扮演周萍,吕恩扮演蘩漪,郑榕扮演周朴园,朱琳扮演侍萍。当时他们都是三十出头的年轻演员,因为这部戏,使他们成为北京人艺的‘台柱子’。”

在日本,曹禺先生的作品一直很受欢迎。从 20 世纪 30 年代起到现在,作品的翻译出版连续不断。日译版的《雷雨》有四种版本。这说明,日本读者喜欢阅读曹禺先生的剧作,觉得它们无疑是中国现代文学的经典。

蘩漪的悲剧

叶小玫

曹禺的《雷雨》发表至今始终保持着经久不衰的新鲜生命力,其原因绝不仅仅在于它情节的新奇、结构的严谨、语言的精炼、诗意的浓郁等纯艺术性的因素,更主要在于它深刻的内涵。《雷雨》所体现出的不只是家庭悲剧和社会悲剧,同时它还是人性的悲剧。

《雷雨》带给我们的是一种压抑、躁动的氛围,一种混合着郁闷、焦虑的复杂的情绪,一种竭力挣扎然而徒劳无功的绝望。剧中的主要人物都被曹禺巧妙地编织在一张悲剧的罗网中,每个人都有自己的经历与梦幻,有着自己的心理驱动和情感追逐,并为之相互矛盾,相互冲撞,直接地、间接地、含蓄地、赤裸裸地……每个人都以自己为结点,与他人构成了多向的命运与情感的关系:蘩漪在追着周萍,周萍与周冲又同时追着鲁四凤,鲁四凤与周萍是同母异父的兄妹,周萍与周冲是同父异母的兄弟,鲁贵在周家当佣人,鲁大海在周朴园的矿上当工人,并带领工人罢工,同周朴园进行坚决的斗争,鲁大海和周萍是同胞兄弟,都是周朴园和鲁侍萍的儿子。《雷雨》的主线是周朴园与鲁侍萍、周萍与四凤两代人前后三十年的故事,围绕这个核心,剧本还描写了蘩漪与周萍的恋情故事、周冲与四凤的恋爱故事、鲁大海罢工与周朴园谈判的故事等。戏剧所展现出的这个世界里有母子乱伦、兄妹乱伦、主仆通奸、疯狂女人及父亲权威的崩溃等惊心动魄的场面。戏剧集中于一天的时间(上午到午夜两点钟),两个舞台背景(周家客厅、鲁家住房),从两个家庭各成员之间前后三十年的错综纠葛中深入进去,写出了封建家庭不合理关系所造成的罪恶和悲剧，剖析了人性中爱与恨的深刻交织，并对感情、爱情、人性、命运及其悲剧原因作了一次深刻的探索。《雷雨》呈现出紧张热烈、激荡郁愤的风格："雷雨"式的沉闷压抑和"雷雨"式的汹涌激荡。它是夏日雷雨降临前的沉闷压抑，而内里蒸腾着汹涌激荡的风暴，是地下熔岩即将爆发而表面沉静的内在紧张。从某种意义上说，蘩漪就是《雷雨》的灵魂，是"最为炫目的一道闪电"。给我们印象最深刻的是她那最"雷雨"的性格。曹禺曾说过："在《雷雨》里的八个人物，我最早想出来的，并且也较觉真切的是周蘩漪。"蘩漪出生在中国最后一个封建王朝的末年，又经历了辛亥革命和五四运动，三个时期都在她的身上打上了印记。蘩漪具有旧式女人的"文弱"、"明慧"，以及在仆人面前那种旧式大家主妇的风范和对侍萍、四凤深重的阶级偏见。另外，她上过私塾，又受过一点新的教育，这不仅使她具有一定的文化水平，丰富了她的感情，开阔了她的精神世界，更重要的是使她具有较易接受新事物、新思想的条件，所以当资产阶级革命的浪潮掀起以后，受到资产阶级个性解放思想的影响，使她不能安于"三从四德"所规定的命运，她要挣脱封建礼教的束缚，改变身为"工具"的命运，力图作为一个"人"而"真真活着"。她不顾封建礼法高呼："我的心，我这个人还是我的。"这完全是一个女性追求人格独立、个性解放的重要表现。蘩漪是曹禺用心着墨最多的人物，也是曹禺赋予同情的人物，塑造得最为成功。

蘩漪有着最"雷雨"的性格。她的生命交织着最残酷的爱和恨，她的行为有许多矛盾，没有一个矛盾不是极端的。极端和矛盾是《雷雨》燠热的气氛里两种自然的基调。蘩漪是个性格极端的女人，爱起你来像一团火，恨起你来也像一团火。周萍从乡下回到周公馆，给蘩漪那与世隔绝的、窒闷的生活带来了新鲜与诱惑，也激起了她心中爱情的浪花。特别是周萍对她十几年来的处境和命运的同情，使蘩漪把他视为可以倾吐心声的知己。在这种情况下，周萍冒天下之大不韪，说他爱她。他一时冲动下的举动在蘩漪看来则是向旧礼教的挑战，是勇敢的行为,所以蘩漪不顾一切地把自己的真情、性命、名誉都交到了周萍手上。自从同周萍在一起,蘩漪才感到从未有过的幸福,她满足了。然而周萍要离开她,摆脱她,这对蘩漪来说是不可想象的,没有周萍,就意味着回到令人窒息的生活中去,所以她不愿意失去已经得到的真实生活,她要把周萍从四凤手中夺回来留在自己身边。在她认为还有一线希望时,她绝不放弃自己的努力,为此她不惜一切代价,甚至可以违心地把自己置于极端屈辱的地位,要求周萍把她带走,甚至日后可以叫四凤一起来住。直到周萍铁了心,决意抛弃她时,蘩漪才认清周萍原来是周朴园的化身,有着和周朴园一样的伪善、冷酷、自私。她感到自己的真情受到了蹂躏,人格受到了损伤,于是发出沉痛的叫喊:“一个女子,你记着,不能受两代人的欺侮。”

蘩漪的性格是矛盾的。周家对蘩漪来说,无异于一个不透气的“铁屋子”。这对她的个性解放是一个极大的限制,同时也使她的反抗形式明显地有别于西方资产阶级女性。西方资产阶级女性虽然也没有政治地位,但是在个人生活上却有一定的自由,而蘩漪却没有任何社交的自由,她完全是周朴园的附属品。在物质上蘩漪应有尽有,过着衣来伸手、饭来张口的阔太太生活,但在精神上却一贫如洗。这使得她对个性自由、美好爱情的追求只能局限在家庭以内,不得不把眼光投向她不该爱的周萍,使她一步步走向悲剧的结局。

《雷雨》中蘩漪的人物悲剧代表着周家和鲁家两个家庭的悲剧,绝不仅是社会悲剧,也是人性的悲剧。

唯一光明的毁灭——四凤

阮宋佳

说起《雷雨》中的女性角色，蘩漪绝对是最出彩的，但是她终究是已经失掉最好时光的旧人了。她再有冲破桎梏的心，那十几年时间的蹉跎，也已叫她丢掉了最应该正面反抗的时机。而四凤不同，她是一个青春期的女孩儿，正如剧中所写：她的整个身体都在发育，手很白很大，她举止活泼，说话很大方、爽快，一双水灵灵的大眼睛。当她笑的时候，牙齿整齐地露出来。她很爱笑，知道自己是好看的。四凤很纯净，也许正因为她没有受过教育，更让她干净得简单，让人亲近。以致剧中所有人都想在她身上获得救赎。

鲁贵，是四凤的亲爹，他是一个仆人，大半辈子都在主人面前卑躬屈膝，没什么大本事，至多只是个懂事的下人，却总想让别人知道他混事的厉害，周家的人不会觉得他厉害，侍萍只想让他安生点儿，鲁大海又不屑与之为伍，所以他也只有在女儿面前显示优越感。他几次说到要让四凤把新衣服拿出来给鲁妈瞧瞧，好让她知道他把女儿引进周家，是多么明智，他在周家也是有点分量的。而作为周家的老员工，端起姿态监督四凤的工作，作为父亲，又摆着长辈的架子教训四凤的行事。他对四凤好，一面是出于父亲的本能，一面又是想让四凤嫁个好人家，好让他过上衣食无忧的好日子。而四凤是个不会反抗的孩子，鲁贵是她的亲爸爸，她就是再不顺眼父亲的作为，也会本着做女儿的义务去顺着他，她不像鲁大海，可以去到外面，自己过活，她要跟着父亲在周家做活，更何况鲁贵还知道她和周萍的秘密。由此，鲁贵在四凤身上求得做人的安慰,或者还可以求得金钱,四凤就像是鲁贵手中的一支潜力股,充满他的期待,他是想着可以通过四凤来个重生。

周萍,曾经年少轻狂,和自己的后母蘩漪有过一段永不想提的感情,他害怕严厉的父亲,更后悔做过这种丑事,他充满恐惧地生活在阴森森的周家。而四凤带着年轻小姑娘最蓬勃的朝气,清新,美丽,淳朴,可爱,这不是一个男人所能抵挡住的,更不要说是在腐朽周家带着罪恶生活的周萍。她像是可以洗刷他罪名似的,让他可以逃避掉过去,她是和蘩漪截然不同的人,而周萍喜欢的是四凤这样的年轻姑娘。在她那里,他似乎可以解除罪恶,吸收到她带来的纯净。而她女仆的身份,也为他证明了自己的勇敢,他周大少爷看上了家里的女下人,好麻痹自己,背着父亲与后母乱来,却不愿承认,整日花天酒地的懦弱。可以说周萍在四凤身上麻痹了自己,愉悦了自己,但四凤毕竟只是个没受过教育的下人,谈情可以,周萍的矛盾和挣扎,蘩漪能懂,四凤却全然不会懂。

周冲,本身也是个充满阳光的孩子,但是他从小经历父亲对他、对他母亲的控制欺压,他不喜欢这样的生活状态,他对于四凤的追求就好像是他对于他理想生命的追求,他觉得拥有了四凤就好像拥有了他没有的自由,他想要和四凤一起飞到一个真正干净、快乐的地方。从他想让四凤受教育也可以看出,他在弥补四凤在他心目中的不足,不是嫌弃她,而是想让眼前的四凤更接近他心中的美好形象,他追逐的四凤也可能只是他想逃避现实的一个幻象。

周朴园,留着当年周公馆的布置,留着侍萍不能受风的习惯,可见他还是念着侍萍的好,是觉得对她有亏欠,也是因为初恋之情总是难忘的。四凤是侍萍的女儿,在周朴园眼里她就像当年侍萍的影子,她关窗的样子,她往耳际拢头发的样子,都让他回忆起曾经的侍萍。她的存在,就好像让周朴园在重温往昔与侍萍的好,而内心的愧疚,也让无情冷血的他有了那么点动容。

鲁侍萍,四凤是她身上唯一和周家无关的东西,她保护着她,不让她出去做工，是不愿意再让四凤走她的老路。四凤就好像是帮她从过去的阴霾中割裂出来,进入到新生活中去。四凤是她老来的慰藉,是她最贴心的亲人,四凤的单纯天真,是侍萍投入现在生活,抛去过去生活的最好动力。

蘩漪,对四凤可以说是一腔嫉妒。她嫉妒四凤旺盛的生命力,嫉妒四凤的清白,嫉妒周萍对四凤的喜欢,嫉妒四凤是个自由身,她极力要赶走四凤,逼迫周萍带自己走,最后造成三十年前秘密的揭开。这是她始料未及的,其实她是要毁灭掉她自己得不到的,有周萍,也有四凤,周萍是她的救命稻草,而四凤是她所嫉妒的,这种嫉妒又是一种强烈的渴望,强烈到自己得不到,就要将其毁灭。可以说,四凤身上有她所失去的、她所渴求的东西,她要毁灭掉的四凤其实就如同当初那个年轻美好的自己。

但他们在四凤身上要求得太多,耗尽了她的美好,让她只能用死的的方式来结束这种痛苦。她的最终死去,也让《雷雨》中唯一的光明熄灭,不得不说这是《雷雨》最悲剧的地方了。

一座划时代的丰碑

焦尚志

话剧,作为西方“舶来”的戏剧样式,20世纪初传入中国。经过“文明戏”的兴起与衰落,再到“五四”和20年代“爱美剧”运动的蓬勃开展,到30年代中期前后,中国话剧由业余的戏剧逐步转向正规化、职业化的大剧场演出,由简单、幼稚走向初步成熟。

20世纪20年代末30年代初,在较长时期的业余戏剧活动与艺术实践中,中国现代剧坛逐渐涌现出了一批优秀的、渐趋成熟的演员、导演及舞台美术工作者,在这些方面,已经具备了大剧场演出的基本条件。而支撑大剧场演出的剧本创作却相对滞后:或者是翻译、改编的外国剧本,或者是结构简单、容易狭小的独幕剧等短篇制作。这些剧本一般不是存在审美障碍,就是缺乏剧场性或思想艺术单薄,难以进入大剧场的艺术殿堂。

1933年,四幕话剧《雷雨》诞生。它犹如一轮光芒四射的朝阳,赫然宣示着中国话剧新时代的莅临。

《雷雨》于1934年7月发表在《文学季刊》上。这年8月,开始引起日本文坛的注目。是日本学者武田泰淳和竹内好首先将载有《雷雨》的《文学季刊》推荐给中国留日学生。1935年4月,中国留日学生在东京首次演出《雷雨》,引起轰动;不久,旅居日本的郭沫若,著文称赞《雷雨》“的确是一篇难得的优秀力作”,“作者在中国应该是杰出的一个”。同年8月,天津市立师范学校孤松剧团在国内首演《雷雨》,受到观众好评;8月31日,天津《大公报》发表批评家刘西渭(李健吾)的《雷雨》

一文,高度评价了《雷雨》,认为它是“一出动人的戏,一部具有伟大性质的长剧”。同年秋,中国现代第一个职业剧团——中国旅行剧团来天津演出《雷雨》,获得巨大成功与广泛好评。曹聚仁回顾当年“《雷雨》热”的动人情境时说:1935 年,从戏剧史上看,应该说是进入了雷雨时代。

《雷雨》和“《雷雨》热”,带动促进了中国话剧的成熟。首先是作者曹禺,在《雷雨》获得强烈剧场效果与社会反响的鼓舞下,1936 年至 1937 年,又先后创作出《日出》《原野》等多幕剧杰作,从而奠定了他在中国话剧史上的重要地位。也是在“《雷雨》热”的感召下,一些优秀话剧创作尤其是体裁多样、风格各异、剧场潜力深厚的多幕剧竞相涌现。曹禺的《雷雨》等剧作的轰动,引起了当时一些左翼戏剧家艺术理念的痛切反省和调整。在其影响下,夏衍逐步克服了简单化的宣传讽喻倾向,“开始了现实主义创作方法的摸索”,先后写出了《上海屋檐下》等现实主义佳作。他说:“引起我这种写作方法和写作态度之转变的,是因为读了曹禺同志的《雷雨》和《原野》。”仅在 1934 年至 1937 年间,出现的优秀多幕剧就有:田汉《回春之曲》,李健吾《这不过是春天》《以身作则》《新学究》,夏衍《赛金花》《上海屋檐下》,陈白尘《金田村》,宋之的《武则天》,于伶《夜光杯》,石凌鹤《黑地狱》,章泯《我们的故乡》,阳翰笙《前夜》等。中国话剧的职业化运动逐渐有声有色地开展起来。这是中国话剧摆脱简单、幼稚与业余性质,而走向成熟并不断创造艺术辉煌的重大转折与质的飞跃。《雷雨》则是引领与推动这一划时代重大转折的伟大丰碑。

《雷雨》戏剧冲突的误读

潘克明

《雷雨》里戏剧冲突错综复杂，情节线索纵横交错，呈现网络状。既是网，必有纲，即对诠释创作主旨、组织戏剧动作、展现人物形象系统起着主导作用的线索。相当长时间里，人们对此存在着一定的误读。

周朴园与侍萍(鲁妈)，一方是资本家、封建家长，一方是受害最深的下人，这正是地道的对立的阶级关系。受“阶级斗争为纲”的影响，他们之间的冲突顺理成章地被当做了戏剧冲突的主导线索。然而这却是一种误读。

曹禺自己说过，他写这部作品是要表达对封建家庭和旧社会“时日曷丧，予及汝偕亡”的决绝情绪。侍萍确实受苦最深，但她消极认命，与周朴园无意中重逢后，只想带着女儿远远避开，根本不想与之冲突。要不是蘩漪与周萍的冲突将其催化、搅动，她和周朴园的冲突就会未燃先灭了。这如何能诠释这个戏的主旨呢？侍萍与周家其他人物也没有多少联系，更别说发生冲突，她这条线索又如何同这些线索交织，并推动它们发展呢？

在《雷雨》全部人物中，蘩漪的反抗性是最强的，她同周朴园的冲突既尖锐，又激烈。归根结底，周朴园的专制统治是毁在她手里的。于是有些论者就把她同周朴园的冲突看做全剧的主导冲突线索。然而这也存在一定的误读。

蘩漪确实憎恨周朴园的专制统治，但毕竟还是“忍了多少年了”，如果没有周萍的出现，她早叫周朴园“压死了，闷死了”，更不用说由她来引爆周公馆这个火药库了。再说单单她同周朴园冲突这条线索，也不能同鲁贵、侍萍一家的线索紧密联系起来，并相互激化，交相推动。所以说蘩漪同周朴园的冲突是全剧的主线，说服力也是不强的。

应该说，蘩漪与周萍的冲突才是《雷雨》戏剧冲突的主导线索。这条线索最直接、最深刻、最有力地诠释着作者的创作旨趣。蘩漪同周萍的乱伦之恋，正是她反抗封建桎梏、争取命运自主的一种极端的畸形的表现。而当周萍要摆脱她时，她要维系这种关系也是不遗余力，乃至不惜玉碎的。她最后采取的破釜沉舟之举，更是集中体现了“时日曷丧，予及汝偕亡”的反抗精神。

蘩漪与周萍的冲突贯穿全剧始终，构成这个艺术有机体的脊骨。从戏一开始，周萍就要摆脱蘩漪，蘩漪则要缠住他。正是这一摆一缠，引发出、制约着、推动着相关的多条冲突线索往前发展。而这些冲突线索则从不同方面、在不同程度上为加强这条主线的发展而服务，由此把剧情一步逼紧一步，紧张有致地推向最高潮。蘩漪为要留住周萍，趁鲁妈来公馆，赶走了四凤，才激起周萍夜赴鲁家与四凤幽会，致使侍萍全家都聚集周家，最终经蘩漪引爆“乱伦”这条导火索，造成两个家庭或亡或疯，毁于一旦。实际演出中，蘩漪与周萍冲突的戏也确实有声有色，最引人入胜，扣人心弦，也最让人感慨系之，深省不已。

《雷雨》是怎样写成的

倪斯霆

《雷雨》首个单行本，是文化生活出版社1936年推出的。曹禺在书"序"中自言："屡次有人问我《雷雨》是怎样写的，或者《雷雨》是为什么写的这一类的问题。老实说，关于第一个，连我自己也莫名其妙。第二个呢，有些人已经替我下了注释。这些注释有的我可以追认——譬如'暴露大家庭的罪恶'。但是很奇怪，现在回忆起三年前提笔的光景，我以为我不应该用欺骗来炫耀自己的见地。我并没有显明地意识着我是要匡正、讽刺或攻击些什么。也许写到了末了，隐隐仿佛有一种情感的汹涌的流来推动我。我在发泄着被抑压的愤懑，毁谤着中国的家庭和社会。然而在起首，我初次有了《雷雨》一个模糊的影像的时候，逗起我的兴趣的，只是一两段情节，几个人物，一种复杂而又原始的情绪。"人们在不断为《雷雨》追加"主题"的同时，也在频繁追问："莫明其妙"地"逗起"作者兴趣的"一两段情节，几个人物"又是什么呢。其实曹禺在同一篇"序"中已为"几个人物"做了回答："在《雷雨》里的八个人物，我最早想出来的，并且也较觉真切的，是周蘩漪，其次是周冲。其他如四凤，如朴园，如鲁贵，都曾在孕育时，给我些苦痛与欣慰。"但对"一两段情节"，作者却秘而不宣。

曹禺先后在国立剧专、复旦大学讲授戏剧，但由于性格谦逊，授课时从不以自己作品为例，故而至1949年以前，他很少透露自己的写作情况。20世纪50年代运动不断，曹禺真诚地接受思想改造，虽然写下许多随感录与访问记，但对旧作除了删改便是反省，对于当年写作状况,尤其是"逗起"写《雷雨》兴趣的"一两段情节",则更是讳莫如深。

日月交替,时光进入了 1962 年。随着国民经济的整体复苏,文艺政策也开始松动。这年 3 月,全国话剧、歌剧和儿童剧创作座谈会在广州召开,周恩来总理作了《关于知识分子问题》的报告,为绝大多数知识分子取消了"资产阶级知识分子"的帽子。在谈到曹禺时,周恩来讲:"过去和曹禺同志在重庆谈问题的时候,他拘束少,现在好像拘束多了。生怕这个错,那个错,没有主见,没有把握。这样就写不出好东西来。"曹禺十余年来首次敞开心扉,在座谈会上畅谈了有关剧本创作的问题。当谈到主题思想的孕育形成时,他说:创作必须真知道,写不好的根本原因,总是由于并不真知道自己要写的东西。首先是个性鲜明的人物,你对他熟透了,才能写好。他主张"作品的中心思想最好晚一点成形,要多转几个圈子。材料已经很多,中心思想还没有出来,不要急,可以从人物开始,先构思情节、场面"。此刻,他顾虑全消,罕见地举起了《雷雨》的例子,第一次回答了"逗起"他兴趣的"一两段情节"是什么:"以《雷雨》为例,先想到'敲窗'一段,后来又想出了'吃药'一场,'相认'一场……作者构思情节,把自己真正感动了的东西先写下来,反正不发表,慢慢摸它的思想,使情与理融合在一起。"这是文学创作的真谛,这也是曹禺当年写《雷雨》的真实状况。

此后,尤其是新时期以来,曹禺又在不同场合,多次重申了"我先写的是最吸引我的一些片断:如第三幕四凤对母亲发誓和以后周萍推窗进入四凤卧室的戏,又如第一幕中喝药以及第二幕鲁侍萍和周朴园相认的戏。后来如何穿插,又费了一番思考,才组织成这样一个剧本"(《收获》1979 年第二期)。他还披露在写作前"我写了许多种人物的小传,其数量远不止《雷雨》中的八个人。记不清修改了多少遍,这些残篇断简堆满了床下"(田本相《曹禺传》)。正是因为"把自己真正感动了的东西先写下来",有了"许多种人物的小传",《雷雨》的魅力才历经数十年而不衰,这也正如巴金所言:《雷雨》剧本不光能演,而且也能读。

《雷雨》的写作经过曹禺终于讲出了,而且还多次强调了作品的中心思想要“晚形成”，写作要“真知道”，对笔下人物要“熟透了”，这可谓善哉斯言，一语中的。但有个事实却不容忽视：他在1949年之后所写的《明朗的天》《胆剑篇》《王昭君》，却是一部不如一部。对这三部戏，主题是否“晚形成”，内容是否“真知道”，人物是否“熟透了”，曹禺没讲，或许他心里清楚。否则自1978年完成《王昭君》后，心中总想再写几部“大戏”的他，为何至1996年故去的十八年间，再也没有一部剧作推出：1949年以前的十六年写出七部大戏，1949年之后的四十七年为何只写了三个剧本。其实回答这些并不困难，他在1935年二十五岁时写的《日出》中已给出了答案：“太阳升起来了，黑暗留给后面。但太阳不是我们的，我们要睡了。”

曹禺不是陈白露，但曹禺的写作辉煌只能出现在他最熟悉真知道的陈白露年代。

由解放桥想到《雷雨》

方 博

岁月沧桑，时光荏苒，解放桥是海河上当之无愧的丰碑。可能每天熙熙攘攘、匆忙而过的人群不会注意，假如把津城比做剧院，那他们朝夕复驶的老桥毫无疑问就是舞台。津沽大地上演的一幕幕喜怒哀乐、悲欢离合，都能浓缩在此，让你悉心寻觅、用心体味。

戏剧是由人来创作的，而当剧作家自己走上舞台，那又会是怎样一种效果呢？我在田本相先生的《曹禺传》中找到了答案。书中有一段曹禺的谈话，这样记述："我在南开大学读书时，有这样一个阶段，大概是春天，我练习马拉松跑，从南大出发，经过法国桥（解放桥俗称法国桥），朝着塘沽方向跑，到一个俄国公园再折回来，约摸有几十里路。开始跑不到三分之一的路程就坚持不下去了，就没有力量了，眼看就要瘫在马路上，这就是所说的'极限'吧！但是咬着牙坚持过去，就又跑得轻松起来。这是一种很奇妙的体验，一种人生的体验，就是坚持这么一阵子，难关就渡过去了。"

曹禺曾回忆说："写《雷雨》，大约从我十九岁在南开大学时动了这个心思。"那他在跑马拉松时，脑海中是否在构思着该剧呢？我们不得而知。但可以肯定的是，当一位中国戏剧界的天才跑过解放桥之时，在近代天津中西文化猛烈碰撞的背景之下，惊世骇俗的不朽名著正在悄然酝酿。

从准备到付梓，五年的时光是漫长的。从创作到修改，清华园图书馆里，汗水涔涔流下。《曹禺传》中一篇未刊发手稿为我们诠释了这段心路历程。"我写了许多种人物小传，其数量远不止《雷雨》中的八个人。记

曹禺剧院

不清修改了多少遍，这些残篇断简堆满了床下。”“从清晨钻进图书馆，坐在杂志室一个固定的位置上，一直写到夜晚十时闭馆的时刻，才怏怏走出。夏风吹拂柳条刷刷地抚摸着我的脸，酷暑的蝉声聒噪个不停，我一点觉不出，人像是沉浸在《雷雨》里。我奔到体育馆草地上的喷泉，喝足了玉泉山引来的泉水，才觉察这一天没有喝水。”当极限来临即将放弃时，咬紧牙关，就轻松而过了。跑马拉松如此，《雷雨》创作亦是如此。

1934 年 7 月，《雷雨》在《文学季刊》一经发表便声震四海。此后国内各大报刊的评论文章层出不穷。为答谢读者厚爱，曹禺在 1936 年 1 月 19 日的《大公报》“文艺副刊”上刊出了《我如何写〈雷雨〉》一文。开篇有一段直面自我的深入剖析，这样描述道：“我不知道怎样来表白我自己，我素来有些忧郁而暗涩；纵然在人前我有时也显露着欢娱，在孤独时却如许多精神总不甘凝固的人，自己不断地来苦恼自己。”毫无疑问，孕育他此般性格的缘由，来自于解放桥不远处意租界里的万家公馆。每一个作家的性格都决定着他日后作品的气质，而这又是与其童年、少年生活影响密不可分的。应该说，曹禺的戏剧基调源于天津。

《雷雨》的背景在天津

郭凤岐

曹禺的话剧《雷雨》，1933年创作完成，1934年发表于《文学季刊》，轰动了上海。

前些年，有人说《雷雨》中的背景是上海。当时，在电视采访中，我否定了这个说法。我认为《雷雨》的背景在天津。理由是：

第一，文学创作，作者要写他最熟悉的生活和环境。宣统二年（1910），曹禺生于天津一个没落的封建官僚家庭。民国初年，曹家在今河北区民主道二十三号、二十五号，建了一座意大利风格的小洋楼，前后楼，上下两层。曹禺的童年和青年时代，皆居住于此。现为曹禺故居纪念馆。

曹禺就读于南开中学，毕业后入南开大学，1930年考入清华大学。这就是说，曹禺二十岁之前，一直在天津度过。他在天津长期的生活积累中，一个人，一段话，一件事，一座楼，都是他的素材。这为《雷雨》的创作奠定了生活基础。虽然《雷雨》在清华完成，但在五年多时间的构思中，无数灵感的火花支撑着《雷雨》的创作。这“灵感的火花”，很大程度上是天津的火源所点燃。

第二，曹禺在津时，就有了丰厚的戏剧实践。曹禺曾在《南开话剧运动史料·序》中回忆说：“在这短短的，对我又似很长、很长的六年里，新剧团扩大我的眼界，我决定一生从事话剧。”曹禺所说的六年，是从1925年他因病休学复学后，加入南开新剧团，到1930年暑假，他转学到清华大学前的这段时间。在新剧团里，曹禺积极参加戏剧活动，演了很多戏。第一部戏，是1925年排演的《织工》，使他崭露头角；第二部戏，是1927年暑假排演的《压迫》，他在戏中扮演女房客，“可称得全场中之明星”；1928年，他演《刚愎的医生》，在剧中饰演女儿裴特拉，被赞为“幕幕精彩，处处动人”；曹禺进入南开大学后，在《娜拉》中男扮女装饰演娜拉。《益世报》评论道：“两氏（指曹禺和张平群）的二次合作，堪称珠联璧合。”

戏剧实践，不仅使曹禺在高中毕业时，就获得了“新剧家”的名号，而且使他在南开从“想入医科，忽与文学发生了兴趣”，并“决定一生从事话剧”。正是由于丰硕的积累、长期实践和艰难思索，才有了爆响的《雷雨》，才有了后来的戏剧巨人。

第三，《雷雨》的重场戏，在“周公馆”展开。曹禺曾说，“周公馆”的塑造借助了周学熙家的一幢房子（今澳门路七号）。周学熙曾主持北洋实业，开办直隶工艺总局、商品陈列所、植物园、天津铁工厂、高等工业学堂等，是中国近代著名实业家。1906年周学熙开办了滦州煤矿，任滦州煤矿总办，其公司设在天津。《雷雨》中周朴园，恰是煤矿实业家。从鲁大海说“从老远的矿上来”，周朴园说“从矿上发来的电报”来看，周朴园的煤矿不在周家所居的市内，这正符合周学熙的煤矿，在“老远”——

曹禺故居

需要“电报”联系的一百余公里外的滦州。

当然,《雷雨》中所演绎的两个家庭、两代人、在一天内的矛盾冲突,包括亲情、爱情、友情,乃至一系列悲剧故事,并不是来源于周家,而是曹禺根据多种素材进行的艺术创作。正如曹禺在一篇短文中所说:“周家是个大家庭,和我家有来往,但与事件毫无关系。我只不过是借用了一下他们在英租界一幢很大的古老的房子的形象。”

第四,在鲁大海身上,深烙着天津的密码。《雷雨》在场景设计上,独出心裁。其主场戏设计在周公馆,次场戏安排在鲁家小套间。此外还有暗场戏,在周家煤矿,写了煤矿工人的罢工斗争。煤矿工人的代表鲁大海,其原型来源于生活。九一八事变后,曹禺组织同学到保定去做抗日宣传,在火车上遇到了一位姓赵的魁梧大汉,是长辛店铁厂工人,他对学生抗日行动赞不绝口:“日本霸占东三省, 就像咱国家身上割了一块肉。娘疼儿心酸,谁割咱娘的肉,咱就跟他拼!”曹禺十分钦佩那个工人大哥的爱国之心,想起正在构思的《雷雨》,一个性格鲜明的人物形象渐渐清晰起来。

但是,鲁大海的原型,本是铁厂工人,曹禺为什么把他改为了煤矿工人呢?其中定有奥秘:一是为与矿主周朴园呼应,二是为与天津的历史适应。

《雷雨》、曹禺和诗

冯景元

在戏剧创作之前，曹禺先与诗结缘。

曹禺从小受诗熏陶，诗启蒙，诗影响，翻看曹禺历史，甚至可以说他是从写诗起步，迈上文学创作道路的。曹禺生前不止一次对女儿万方说，他的父亲万德尊写诗也让他写诗的事情。

目前能够看到的曹禺最早的诗，是发表在1926年10月31日《庸报》副刊《玄背》上的《短诗两首》。这两首诗，立意的题目为《林中》和《菊·酒·西风》，已见20世纪二三十年代新诗的印痕。"眼前黄叶复自落，遥望，不堪攀折，烟柳一痕低"，言简意深，已具情怀。

1928年，从南开中学转入南开大学前，他在他曾担任编辑的《南开双周》上，先后发表了《不久长，不久长》《南风曲》和《四月梢，我送别一个美丽的行人》三首新诗，吟咏的情事不一，但也都是情景交融、寄物托心、借风咏事的。

透过其中《四月梢，我送别一个美丽的行人》的感伤诗句，"古城啊，古城，这般蕴藏着怅惘，这般郁积着伤心。今夜凄淋的雨打着，摇曳的灯。水泻的泥路上彳亍着一个，落漠的行人"，可以感知在曹禺身上正积攒着一种态度，并且已经开始蕴蓄《雷雨》前夜，追求自由和光明的那种思绪了。因此可以说，五年后诞生的《雷雨》绝对是出生在这些诗床之上的。

曹禺早年自己就曾说过：我写《雷雨》是在写一首诗，不是社会问题剧。"我不甘模棱地活下去"，"《雷雨》是我的第一声呻吟，或许是一声呼喊”(《曹禺选集》后记)。

20 世纪 30 年代，叶圣陶以《其实也是诗》为题评价《日出》时说，陈白露在剧中反复读吟出的“太阳升起来了，黑暗留在后面。但是太阳不是我们的，我们要睡了”，也是可以作为《日出》题旨的诗。他说剧本看着就有“这样的效果的”，“它的体裁虽是戏剧，而其实也是诗”。

这从一个侧面说明，曹禺最早的剧本创作，特别是《雷雨》《日出》两剧，不只是写人物、场景、事件，而且都是托天象，寄人间，“想求得一线光明，一线希望”，用诗立剧。

复读《雷雨》剧本，可见诗意的地方无处不在，例如：

人物出场前，几乎每个人物都有诗意的介说。四凤的“全身都非常整洁”；鲁贵的背“略有点伛偻，似乎永远欠着身子向他的主人答应着‘是’”；“眉目间看出来她(蘩漪)是忧郁的，有时为心中的郁积的火燃烧着”，“然而她的外形是沉静的，忧烦的，她会如秋天傍晚的树叶轻轻落在你的身旁”；“他(周萍)的热情，他的欲望，整个如潮水似地冲上来，淹没了他。他一星星的理智，只是一段枯枝卷在漩涡里”。

人物的大段独白，特别是第三幕，周冲在鲁家对四凤讲述的“我们的真世界”：“我像是在一个冬天的早晨，非常明亮的天空……在无边的海上……哦，有一条轻得像海燕似的小帆船，在海风吹得紧，海上的空气闻得出有点腥，有点咸的时候，白色的帆张得满满地，像一只鹰的翅膀斜贴在海面上飞，飞，向着天边飞。那时天边上只淡淡地浮着两三片白云，我们坐在船头，望着前面，前面就是我们的世界。”这更完全是诗意的抒发和畅想。

还有，从第三幕开始，一直到闭幕的暴风暴雨中滚滚的雷声，侍萍和四凤嘴里重复诉说的咒言谶语：“天上打着雷。”

可以说，正是一种诗的意蕴的贯穿，才使《雷雨》变得这样丰盈饱满，具有永世不朽的张力。

曹禺一生爱诗，到老也没放弃诗的写作，医院病中写过三首，其中病重中写的《老了》，十分感人。“你再不年轻，你再不像朵花”；但“病床上的老人，时时在你心中”，“你是绚丽的晚霞，我是无边湖上的寒冰”，“有一天我闭上眼睛。我们是黑夜的萤火，星星发亮的正是我们”。

打开《雷雨》的钥匙：鲁妈

陈思和

（上）

《雷雨》中的人物性格，研究者已经讲得很多了，但一般人的兴趣都在蘩漪、周朴园身上，而鲁妈的形象一向不怎么为研究者所注意。因为通常人们把她理解为传统文化中始乱终弃的受害者，除了给以同情，就没有进一步阐发的余地。蘩漪的角色性格鲜明，而鲁妈则看上去平淡。其实这是表面现象，鲁妈的性格很独特也很复杂，只是不容易看出来。

鲁妈一出场就掉进了巨大的噩梦中。《雷雨》是一部悲剧，打开这部悲剧的钥匙是鲁妈。本来周朴园把三十年前的悲剧掩盖得非常严实，但是留了一个破绽，就像在万里无云的天空，远远地飘来一个黑点，逐渐近了，变成乌云，开始电闪雷鸣，然后倾盆大雨，最终毁灭世界。而这个破绽就是鲁妈的存在。蘩漪因为与四凤争夺周萍，特意叫鲁妈来谈话，大幕一拉开，大家就知道四凤的妈妈要来了，之后会发生些什么？这是一个悬念。

事实上，这个家庭的矛盾，就是因鲁妈来到周家而引发的。鲁妈是一把钥匙，一层层开启了事物的真相，但在开启过程中，鲁妈始终处于被动之中，所有真相都是她所不自觉也不愿意见到的。转动这把钥匙的手却是蘩漪，家庭中所有悲剧都是蘩漪主动酿成的，她有自己的原则。而鲁妈则是被现实矛盾一步步拖着走。鲁妈来到周家，发现这就是她三十年前一度成为女主人的周朴园家，也发现了她的儿子和女儿的乱伦，而她另一个儿子鲁大海，则与父亲为代表的周家处于激烈冲突之中。之后，矛盾转移到鲁妈家里，周萍私自与四凤会面，被蘩漪反锁了窗，周萍暴露在众人面前。当时大家还没有意识到事情的严重性，除了鲁妈。在这一场戏里，她逼着女儿对雷雨发誓“永远不见周家的人”，否则让“天上的雷劈了我”。这也与四凤的死遥相呼应。这场戏写得非常惨烈，把《雷雨》所有紧张、残忍的主题都表现得淋漓尽致。但是鲁妈的逼迫、四凤的毒誓也阻挡不了悲剧进一步推进。这回轮到鲁妈遭受打击，因为她是唯一知道周萍和四凤这两个相爱的年轻人是亲兄妹的，他们是不能相爱的。第四幕，矛盾又回到周家客厅，四凤已经没有办法了，一定要跟周萍走，周萍也无所谓了，决定带四凤走，最后鲁妈不得不同意，她说：“你们这次走，最好越走越远，不要回头。今天离开，你们无论生死，永远也不许见我。”就是说，她明明知道他们是兄妹俩也不管了，保护女儿要紧，她毕竟是个母亲，所以她抛弃一切伦理障碍，要阻止这个惨剧的出现，宁可让他们一走了之。这个时候，她的挣扎好像又有了一点希望。没想到，一步错步步错，导致无法挽回的大惨剧，随着周朴园的出现，命运终于来临，鲁妈的一切努力都付之东流。

如果换个角度来读《雷雨》，鲁妈是剧中最悲壮的人物。因为只有她与代表命运的“雷雨”最接近，她是最早知道所有悲剧真相的。她企图以个人的能力来阻止悲剧的发生，但每一步都是失败的，她战胜不了命运。作为一个失败的英雄，她的性格却表现出惊人的大无畏的力量，这种力量表现为无视所有天地间的清规戒律，一切都从伟大的爱出发，冲破了一切天理的束缚和人间的网罗。鲁妈是个平凡的人，但是在每做出一个决定的时候，就有种不顾一切的大无畏精神支配着她。在最后一场，她明明知道自己的儿子与女儿要私奔，她都认了，她就说，“所有的罪孽都是我一个人惹的”，你们“最好越走越远”，鲁妈到最后的时候，承认了他们乱伦的事实，但她不愿意公布这样一个悲剧性的结果。她把一个宇宙间的法则推开了，为的是保护儿女的生命安全。鲁妈的做法绝不是软弱而是决绝，不顾一切的决绝，假如没有蘩漪从中捣乱、扯出周朴园的话，很可能这对儿女就躲过了命运的劫难，就闯过去了。

（下）

如果关注一下鲁妈的坎坷命运，其实这样的闯关已经发生过好几起了。当年发生在无锡周家的悲剧，只有一种可能，梅侍萍(即鲁妈)不愿意把自己放在妾的地位上，她才会被这个家庭赶出去，这个家庭不承认她，甚至也不承认她的儿子。假如这个情况是成立的，那么，梅侍萍的品行是非常高贵的，这也是剧本里一再提到的“清高”。四凤对鲁贵说：“妈不像您，见钱就忘了命。”因为她的妈妈是很清高的人，绝对不肯苟合。这里可以看出梅侍萍的性格，她不愿意处于一个被屈辱的地位。不能说她想嫁给一个少爷就是品质不好，她不愿意处于屈辱地位，不愿意做周朴园的小妾，不愿意与别人分享丈夫的爱情，是完全可以理解的。她对子女的教育，对子女的态度，对鲁贵的态度，我们都可以看到，这是一个宁折不弯的女性。

鲁妈的经历里，有两件事是值得探讨的。

一是当年的梅侍萍为什么要毅然与周家决裂，走上跳河自杀的绝路。显然是她不能忍受在周家的屈辱地位，她没有因为自己与周家少爷的门第不同就自贱自轻，屈从于封建传统道德，甚至也没有因为爱周朴园就迁就这个家庭所做出的荒谬安排。不完全，宁可无，是梅侍萍对待爱情的态度，她对爱情本身的尊重超过了对爱情对象的爱。为了伟大的爱情，她根本没有把世俗的门第、地位、钱财等标准放在心上，爱情受到伤害她便毅然离开。

二是以鲁妈这样的清高人品和刚烈性格，怎么会嫁给鲁贵这样平庸的人。当然鲁贵也不是坏人，却是曹禺所不喜欢的奴性的代表。鲁妈与鲁贵几乎是两条道上跑的车，怎么会苟且在一起生活，还生了女儿四凤？答案只有一个：鲁贵虽然有很多缺点和令人鄙视的地方，但他是一个负责的父亲。不仅一双子女都被抚养长大，而且鲁贵也利用他的人脉关系解决了子女的工作，让他们能够成为独立的人。鲁大海不是他亲生的，但至少从剧本文本里，看不到他对非亲生儿子的歧视和排斥。四凤比鲁大海小九岁，也就是说，鲁妈离开周家、投河被救以后，又在社会上挣扎了至少七八年以后，在万不得已无路可走的情况下才嫁给鲁贵的。但是在近二十年的夫妻生活中，看不出鲁贵对妻和子有什么不好的行为，生活基本上是稳定的。那么，是否可以假定，鲁妈是为了儿子鲁大海的成长（九岁到成人）才愿意嫁给鲁贵的，而且也竭尽所能维护了这个并不如意的贫贱家庭？我要分析的也从这里开始，因为从文本提供的这两个人的信息来看，他们之间的素养、人品、气质、性格相差实在太远，而且这种差异也影响了子女，从剧本一开始，鲁贵就成为子女批判的对象，这种对父亲的鄙视正是来自母亲的影响。这里，曹禺和我们都忽略了一个现实问题：在这近二十年的时间里，梅侍萍是怎样转换为鲁妈的角色的？这样一个在大户人家长大并且曾得到周家少爷宠爱和准婚姻生活的梅侍萍，也是一个曾经沧海难为水的妻子和母亲，她是怎样忍受与鲁贵这样的伧俗之夫同居二十年之久的？门第观念、伦理观念，还都是外在的，可以无视，而性格的苟且、无爱的生活以及整天与一个面目可憎、难以忍受的男人同床共眠，这才是一个人最内在的生命的屈辱和痛苦，几乎可以说是一种生不如死的折磨。然而为了孩子，她都忍受了。这道生命体验的关卡，也被她勇敢地闯过去了。而闯过这道关的动机，仍然是伟大的爱——对子女的爱。

如果把鲁妈一生的苦难经历排个队，便是：第一次命运的考验是周朴园必须娶门第相当的小姐为妻，她宁可被驱赶，以死抗争，完全无视世俗的门第观念，要的就是完全的爱情。第二次命运考验是她为生活所迫，嫁给了为人庸俗、奴性十足的鲁贵，忍受无爱夫妻的日常生活，为儿子鲁大海的顺利成长，她甚至无视个人生命自由的价值。第三次命运的考验是她要面对亲生儿子和亲生女儿的同居以致有了身孕,她忍受精神的巨大打击,居然答应了子女的私奔,为的是保护子女不再受惩罚。

鲁妈不仅无视血缘伦理的戒律,而且也无视老天权威的威慑。这一切都是鲁妈内心深处发出的伟大的爱,不是一己之爱也不是一般的爱情,而是在巨大牺牲精神下的无私的爱。为了爱,一切条条框框都束缚不了她的行为,不论是天地宇宙的法则还是个人生命自由的代价,都是可以迈过去的门槛。这样一种大无畏的性格,正是体现了五四精神传统中最为辉煌的内核力量。虽然鲁妈最后还是在残忍的命运打击下精神崩溃,但她虽败犹荣。

《雷雨》:中国现代戏剧的基石

洪忠煌

我于1982年率先指出,天津是《雷雨》在国内的首演地。我辗转找到孤松剧团成员之一、天津市立师范学生高尚信(最早饰周冲的演员),他奉献出此剧八个角色的饰演者合影(2004年在我的《话剧殉道者》中印出)。虽然后来据别的研究者考证,还有比"孤松"(1935年8月17日)更早的他处学生演出,但1935年10月中国旅行剧团在天津新新影戏院公演《雷雨》,是该剧首次由职业剧团面向市民观众演出,则是没有争议的。从此,《雷雨》成了中旅的"看家戏"。也是因为中旅在天津、上海等城市演热了《雷雨》,造成《雷雨》乃至话剧在广大市民观众中的持久影响力。中旅首演《雷雨》的轰动效应于下述事例中可见一斑:女主角赵慧深饰演剧中周家太太蘩漪——她也是后来经典影片《马路天使》的女主角,堪称空前绝后,备受曹禺赞赏;看了她的感人表演,有位署名"竹筠"的女观众给曹禺写信,倾诉自己的强烈共鸣,此信竟触发了曹禺创作第二部话剧《日出》的灵感。《日出》女主人公陈白露早年名为竹筠,也应该与此有关。

《雷雨》在1949年前文化市场中的极大成功,与以左翼文化为主导的中国现当代文学主流话语系统对它的评价,构成了矛盾现象。按照政治化的文艺标准来看,《雷雨》并非革命话剧,顶多被视为反封建的进步话剧。具体来说,剧中唯一的工人鲁大海未能被塑造成无产阶级英雄形象(这一点恰是革命文艺的首要条件),其他与封建家长抗争的人物也都不够坚强,而主要"反派人物"周朴园流露怀旧感情,作品有染上资产阶级人性论之嫌。按此逻辑,演出就需要加强人物的阶级本质,以符合敌我两分法(即所谓阶级分析),以此来弥补剧本之“不足”。20世纪30年代,上海的一个左翼剧团公演时甚至修改剧情,以至于剧中有了周朴园被其子鲁大海枪毙,周冲与鲁大海握手,兄弟俩大义灭亲的场面。在社会与文艺圈内对“人性论”问题有共识之前,《雷雨》演出(除民国时期的中旅外)几乎无一例外是朝着这个方向“再创造”的。这就不可避免地造成对《雷雨》创作意图和艺术形象的长期扭曲。与之相联系,主流意识形态评价对《雷雨》的贬抑和中国话剧主流未能确立曹禺的应有地位,也就是必然的了。直至1990年出版代表官方观点的《中国话剧通史》,在主编葛一虹亲自指导下我撰写的相关章节中,才把曹禺和民办职业剧团中旅正式纳入扩大定义的“左翼”范畴,初步纠正了此前“独尊左翼”的政治化的话剧史评价尺度。

对《雷雨》和曹禺的总体评价,实际上关系到中国话剧艺术的发展走向与审美品位。虽说早于曹禺的田汉等人被公认为现代话剧奠基人,但严格意义上的中国现代戏剧开创者是曹禺。《雷雨》以深入揭示主人公(蘩漪)及其他主要人物的自我内心冲突,以潜意识的人性表现和诗的意象,成为中国现代戏剧的一块基石。这些现代戏剧特征使曹禺与他的前辈们迥异。虽然其后应者寥寥(夏衍的《上海屋檐下》算得上是受《雷雨》启迪而产生的一大硕果),但从历史长河着眼,《雷雨》所引领的中国现代戏剧终将为自己开辟出路径。与其说曹禺是“中国的莎士比亚”,不如说他是“中国的易卜生”——真正的现实主义与现代主义的活水,都将从他的《雷雨》等戏剧经典中汩汩流出!

《雷雨》与万公馆

王海冰

（上）

某年夏日中伏刚过，是一个闷热的下午，天色微阴，潮湿的空气使人有些烦躁。我陪着几位喜欢话剧的朋友，参观曹禺故居纪念馆后楼——万公馆。

参观中，一朋友忽然说，有种走进《雷雨》剧中周公馆的感觉。如此之事有过多次，再陪客人参观时，我先问看过话剧《雷雨》否，对看过或了解《雷雨》的人，就有意识地引导他们，结果大部分人均能进入“状态”，有的甚至感觉到蘩漪正从楼上走下来……

《雷雨》是曹禺二十三岁时创作的经典剧作，它的问世是中国话剧走向成熟的里程碑，至今已八十年了，久演不衰。曹禺出生在天津，二十岁之前在万公馆的生活，为他创作《雷雨》提供了几近唯一的素材来源。曹禺前期的几部经典戏剧，或多或少都隐含着他那段生活经历，《雷雨》尤为明显。

曹禺回忆《雷雨》创作时，曾多次讲到万公馆生活的影响。他说：“像《雷雨》里出现的那些人物，我看得太多了，有一时期可以说是和他们朝夕相处。因此，我所写的就是他们所说的话，做的事。”将《雷雨》剧中的具体环境、人物与万公馆的进行有趣的对照，几乎都能找到影子，有的是直接的，有的是间接的。

《雷雨》基本为两景四幕剧，一景是周公馆客厅，一景是鲁家，另有一景序幕和尾声是周公馆客厅改成的教堂医院。

周公馆的客厅有万公馆客厅的影子。《雷雨》第一幕场景:“一个夏天的上午,在周宅的客厅里。左右侧各有一门,一通饭厅,一通书房,中间的门开着……左角的长沙发还不旧,上面放着三四个缎制的厚垫子……台中两个小沙发和圆桌很华丽,家具非常洁净。屋中很气闷,郁热逼人……”从曹禺对周家客厅细致和充满感情的描写,可看出极似万家的客厅。

1936 年 1 月 30 日,天津《益世报》刊发学生记者安正元撰写的长篇专访《戏剧家“雷雨”的作者万家宝先生访问记》,其中对万公馆客厅有一番介绍:“这个客厅的面积是很宽阔的。一切设备都很艺术化,靠窗有一书桌,书桌左边有几只白布蒙着的沙发。靠墙有崭新烤炉。”这位记者观察很细,他还发现客厅左边有一小门,里面是曹禺的卧室。

《雷雨》中周公馆是二层小洋楼,有后院(花园),万公馆也是二层小洋楼,且有花园院落。周公馆蘩漪和周朴园的卧室在楼上,而万公馆曹禺父母的卧室也是楼上。曹禺曾说过:“有人说《雷雨》故事是影射周学熙家,那是没有的事,如果是那样,我就不会叫剧中人姓周了,周家是大家庭,和我家有来往,但与剧中的故事不相干。”

关于剧中鲁家和鲁贵的影子,曹禺说:“这种人在天津在北京都有,我写得更贴近天津的生活。在天津老龙头火车站(今天津站,离万公馆很近)一带,住着一些很贫困的人,他们是生活在社会底层的劳动人民。因为在大户人家当差,又沾染了许多坏习气,很会计算,察言观色,看主人眼色行事,所谓势利小人。但这种人最后的命运大都很悲惨。”关于鲁贵的名字,他说:“我家有个仆人叫陈贵,善于煮羊肉胡萝卜,这个人很斯文,会画画,经常躲在仆人房画观音,这人就是鲁贵的模特儿,鲁贵就是陈贵名字转化而来的。”

《雷雨》的序幕和尾声中出现的教堂医院,有当年万公馆附近的圣心教堂、教堂医院和天津老西开法国天主教堂的影子。曹禺小时候站在凉台上就可以听到教堂传来的钟声,看着身穿黑色长袍的修女进出教堂,曾对曹禺产生一种神秘的诱惑力。有一阶段,曹禺迷上了教堂,迷上了教堂音乐。他常到教堂去,看大弥撒的仪式,对巴赫的《b 小调弥撒曲》听得入迷。究竟是个什么道理,曹禺说:“我自己也莫名其妙。人究竟怎么活着? 为什么活着? 应该走怎样的人生道路? 那时候去教堂,也是在探索这些问题吧? 我觉得宗教挺有意思,对于宗教,我有些好奇心。”《雷雨》的尾声中,曹禺将他喜欢的弥撒曲弥漫在了剧情中。

(下)

《雷雨》中的周朴园,有曹禺父亲万德尊的影子。周朴园在德国留过学,万德尊则在日本留过学;周朴园是南方人(江苏无锡),后搬来北方,有过三段感情经历,万德尊也是南方人(湖北潜江),后定居北方,一生中经历了三个女人的婚姻;周朴园在剧中的性格形象展示,也有万德尊在万公馆生活的影子。曹禺说“周朴园像我父亲一样,色厉内荏”。

曹禺“最早想出的,并且也觉得最真切的是蘩漪”。关于塑造蘩漪这个人物的最早动因,曹禺曾说:“我有一个很要好的同学,他有个嫂嫂,我和她虽然见过面,却没有说过几句话。她丈夫是一个相当好的人,她也很贤惠。后来,我听说她和我那个同学有了爱情关系。我很同情她。因为我知道,她是不会为这个爱情牺牲什么的。这个女人就像在我心中放了一把火,当我写《雷雨》时,就成了现在的蘩漪。”但蘩漪身上也可找到曹禺继母的影子,主要是那股脾气。1935 年《雷雨》由中国旅行剧团在天津公演时,曹禺的继母带着干女儿邹淑英一起看了此剧。邹淑英回忆说,看得出老太太是真正理解这个剧的,她说人的感情被挤到那份儿上了,就要发生这样的事。

《雷雨》剧中周公馆的大少爷周萍,有些万公馆大少爷万家修(曹禺哥哥)的影子,而二少爷周冲的影子,就是曹禺自己了。周萍和周冲、万家修和万家宝(曹禺),均是同父异母的兄弟。在压抑的周公馆家庭环境中,周萍对父亲既崇拜又畏惧。在万公馆中,万家修的"父亲恨他,他也恨父亲"。周萍比继母小七八岁,虽受过高等教育,但性格懦弱,沾染了一些恶习,担当不起"起家立业"的角色,后又追求使女四凤。万家修是天津法政学院毕业,性格也懦弱,后又染上抽大烟的恶习,据曾在万公馆做佣人的王振英回忆:"家修比老太太小一圈(12岁),不愿干事,整天在家待着,我去他家之前,他有个丫鬟,是买来的,叫福子,老太太有些疑心,便找人许配走了。"

周冲在《雷雨》剧中是一性格单纯、有着诗意般幻想和追求的青年。他有许多憧憬,对社会,对家庭,以至于对爱情。他不能了解他的周围,他看不清社会,看不清他所爱的人们。"理想如一串串的肥皂泡荡漾在他的眼前,一根现实的铁针便轻轻地点破。"如同周冲,曹禺有一阶段也是有着东撞西撞的感觉,有时想像鲁滨孙那样漂流,对林肯特别崇拜,两次投考协和医学院未成,还被父亲训斥为"朽木不可雕也"。尤其父亲死后,更使他深深感受到世态炎凉和现实的残酷。他在沉闷的万公馆里苦苦地思索社会和人生,这些使他那充满诗意幻想的灵魂里积聚起对丑恶现实的愤懑和痛苦。周冲对父亲周朴园有所敬畏,而对于父亲万德尊"看什么都不顺眼,说打人便打人,说摔东西就摔东西,碰到吃饭就常发脾气",曹禺也会产生一种恐惧心理。周冲对四凤的爱情追求,那种海天云帆的浪漫激情,有着曹禺在清华大学追求他第一位夫人郑秀时的影子。

《雷雨》中四凤是周公馆的使女，很漂亮。万公馆也有丫鬟使女。1926年,曹禺在《庸报》副刊《玄背》发表小说《今宵酒醒何处》,塑造了漂亮女护士梅璇的形象,是他一次坐船时遇到的,这也算影子吧。

《雷雨》中鲁妈的影子只能是万公馆的佣人、曹禺的启蒙老师段妈了。鲁妈、段妈同为穷人,鲁妈投河自尽得救,三十年后鬼使神差出现在周公馆,段妈是乡下闹洪水逃难到天津后在万家做起了佣人的。

鲁大海是曹禺塑造的具有反抗精神的硬汉形象，他敢于揭露周朴园的罪恶。那时的曹禺，朦胧地感受到了超越亲子血缘关系的不可调和的对立和冲突。这个人物形象也应该包含着曹禺对万家“腐败”现象的厌恶和愤懑，对穷人的悲悯和同情，思索用反抗来改变家庭及社会丑恶现状。

《雷雨》戏单与海报

由国庆

随着话剧热演，戏单应运而生，集演出信息、剧情、广告于一身，且具有一定的观赏价值。

20 世纪 50 年代初时装话剧《雷雨》在汉口公演的戏单

《雷雨》是北京人民艺术剧院的经典剧目。1954 年，北京人艺成功上演这部作品，深深打动了观众。当时的戏单乃素纸一张，在红色的细边框内，上端是毛泽东主席的手迹“北京人民艺术剧院”字样，中间为大大的老宋体“雷雨”两个红字，端方厚重，下方的小字是演职员信息，整体简洁大气。

同一时期，北京民艺话剧团也在排演由张雪峰导演的时装话剧《雷雨》，并到各地巡演。在武汉三镇，“首次旅汉公演”和“首次来武昌公演”的字样写在戏单封面最上方。戏单为铅印的横折页，暗红色的“雷雨”美术字被植入了数道闪电图形，声色顿显。戏单文字还特别提请注意：“迟到观众，节目进行中谢绝入座。”1955 年底，话剧团回到北京，一年后更名为北京实验话剧团。

上海芭蕾舞团演出《雷雨》海报

上海电影演员剧团所演《雷雨》的戏单是土黄色的封面，其上画着周公馆的窗口，黑夜中的疾风吹开了白纱帘，明黄色的闪电刺射进来。1984年西班牙文版的《雷雨》面市，该书的封面设计与上述有异曲同工之笔。后来，烟台地区话剧团也演出过《雷雨》，戏单上采用黑白蓝三色，蓝色的公馆小楼在夜色中摇摇欲倾，白色的“雷雨”二字化作了重重的霹雳。类似的暗色调大反差设计，还有芭蕾舞剧《雷雨》的戏单，该剧是改革开放初期由上海芭蕾舞团演出的。

1983年2月，上海市徐汇沪剧团上演了四幕大型沪剧《雷雨》，当年的戏单设计比较简明，竖长折页的封面仅为红色印刷，上中位置的“雷雨”二字是毛笔行书，厚重且不失灵气。顺便一说，旧版话剧、沪剧《雷雨》等录音带的封套设计也不乏特色，或可成为全面解读《雷雨》的又一视角。

《雷雨》在北京人艺的舞台上经久不衰。1989年纪念《雷雨》发表55周年的特别演出期间，观众拿到的戏单上有曹禺的素描画像，他正抚着额头深深思考，非常传神。这一戏单也是相对少见的设计形式。2010年，曹禺诞辰一百周年纪念演出《雷雨》，戏单封面图为舞台上周公馆客厅的剧照。面对如今五花八门的电脑设计，一些老观众、研究者却更加回味起老戏单里的韵味来。

再说电影。1938年上海新华影业公司出品了由方沛霖编导，陈燕燕、梅熹等主演的《雷雨》。1957年，香港华侨电影公司拍摄了由吴回导演，白燕、卢敦、李小龙等主演的《雷雨》，后来的“怀旧影碟”宣传画上特

北京人艺公演《雷雨》的戏单

别注明着“李小龙仅此一部文戏小生”的广告词。1961 年,香港凤凰影业公司出品了由朱石麟导演,高远、龚秋霞等主演的《雷雨》,随后在内地放映时的一种宣传单相对粗糙些,纸页左上角画着凄风苦雨般的小图,接着便是密密麻麻的剧情介绍文字。

上海电影制片厂于 1984 年隆重推出《雷雨》,由孙道临导演,孙道临、秦怡、张瑜等主演。当时发行了 1 开大幅彩色海报,成为《雷雨》电影海报中最经典的一幅。

昔日的戏单和海报,皆可让今人清晰感触到曾经的时代脉动。页页故纸反映着《雷雨》在多领域多层面的发展与影响,也记载着代代艺术家、演职员的信息,具有一定的史料价值。

《雷雨》的封面

游 子

1936年1月,《雷雨》单行本首度由上海文化生活出版社出版。《雷雨》的封面设计简洁大方，右上是“文学丛刊”小字;左上是书名,为红色的仿宋体,作者的名字紧随其下;中部大面积留白，右下则是出版社名称的小字。无一笔多余，静雅内敛。到了转年3月,《雷雨》已连出七版。

文化生活出版社1951年版《雷雨》书影

素来,艺术设计紧随时风,书衣亦是如此。当年,封面图样的凝练感成为一些大牌出版机构的共识,也是美术家书籍设计的重要理念之一。巴金主持下的文化生活出版社同样与时俱进,他认为“学术著作、文学作品，要有书卷气……文化和学术图书,一般用两色,最多三色为宜,多了,五颜六色,会给人闹哄哄浮躁之感。”关于《雷雨》初版本,老一辈装帧设计家范用曾评价说:“曹禺的《雷雨》《日出》，封面简简单单，除了书名、作者名，没有更多的东西。一直到现在，也还觉得非常好。”

1951 年 1 月，文化生活出版社推出了《曹禺戏剧集》，共八种。《雷雨》的封面上有大面积的淡黄色的卷草缠枝图案，环绕、衬托着书名与丛书名，颇具民族文化之感；手写的老宋体美术字“雷雨”两个大字横卧下部，古朴厚拙，夺目醒人。此版《雷雨》的版权页上可见“一九三六年一月初版，一九五一年一月二十五版”字样。

其实，关于封面设计的民族文化美，是鲁迅较早便推崇的。钱君匋在忆往文字中提及，鲁迅曾说，封面设计可以多运用一些民族形式，如我国古代的青铜器、汉画像都有极其优秀的图案纹样和人物线描，如果把这种传统用到封面设计上去，可增强民族风格。

中国戏剧出版社于 1957 年 6 月、9 月先后出版了《雷雨》和《日出》的单行本，封面设计类似。《雷雨》封面覆以浅灰色的细网纹，《日出》封面覆以浅黄色的细网纹，书名的上方都有“五四以来话剧剧本选”字样。该社在 1980 年又重印《雷雨》，为“现代戏剧创作丛书”的一种。其封面呈竖向视觉感，仅用白、湖蓝、黑三色，稍左的中心位置是硕大的黑色宋体“雷雨”二字，字下所衬托的湖蓝色底纹乃民族花草图案，装帧总体感

西班牙语版《雷雨》书影

四川人民出版社 1984 年版《雷雨》书影

大有 1951 年版之韵味。

1984 年 12 月，四川人民出版社出版了包括《雷雨》在内的《曹禺戏剧集》，素雅的封面上是曹禺伏案笔耕的速写画像，这种设计形式在《雷雨》各版本中是相对少见的。此套《曹禺戏剧集》的封面设计者是书籍装帧艺术家戴卫。

20 世纪七八十年代，香港地区的出版机构也热衷《雷雨》的出版。在东亚书局版的封面上，布灰色与玫瑰色两大色块，上半部分的灰色似乌云密布的天空，其间写着几何体的"雷雨"二字，"雷"字中的四个点儿被设计成白色闪电状；"雨" 字中的四个点儿则似骤然落下的雨。在宏智书店版的封面上，上部为赭黄色的带有细碎花饰的窗帘图，对称拉开；下部为绿色背景，衬托着白色的雨丝如珠帘垂落。那窗帘又好像徐徐揭启舞台帷幕，上面写着隶书"雷雨"两个白字，较有深意。鸿光书店版的封面采用的是话剧情节的绘画图，相对直白。

《雷雨》名传四海，多种外文版更显精致。早在 1958 年，外文出版社就推出了王佐良、巴恩斯所译的英文版《雷雨》，后来相继再版。英文版的封面上，只见一道亮黄色的闪电撕开了整个深蓝色犹如夜空的画面，非常醒目，衬托着"Thunderstorm"斜向手写体书名。1984 年，西班牙文版《雷雨》出版，封面画采用钢笔速写画法，勾勒了两扇推开的周公馆之门，门外、栏杆外的夜色中雷雨交加。

几十年来，《雷雨》版本林林总总，蔚为大观，而形影相随的封面，特别是后来的电脑设计版，更是不胜枚举。与此同时呢，"初版本"与"旧平装"愈发博得研究者、收藏家的青睐，人们在寻觅、欣赏着书衣上那挥之不去景致——啊，故纸温暖。

《雷雨》连环画

葛培林

在我收藏的连环画中，有两本是曹禺的《雷雨》，天津人俗称之为“小人书”。如果一部文学作品改编为“小人书”出版，足以说明其在社会上的广泛影响力。

绘画本《雷雨》连环画

话剧本《雷雨》连环画

这两本《雷雨》“小人书”，是从原本《雷雨》中提炼出的精华。其内容提要也大致相同，只用二百多字就说明了故事的来龙去脉：故事发生在20世纪20年代末，旧中国的一个封建家庭里。大矿主周朴园的后妻蘩漪不堪封建礼教的压迫，与大少爷周萍发生暧昧关系，周萍却又爱上了使女四凤。于是在他们中间展开了复杂、激烈的情感斗争。四凤的母亲侍萍卅年前在周家当使女时被周朴园诱骗，生下周萍和大海后又遭遗弃。侍萍嫁给鲁贵生下女儿四凤，鲁贵背着她把四凤送到周家当使女。不料卅年前侍萍的悲剧又在四凤身上重演。在雷雨交加的黑夜里，当周萍知道侍萍、四凤是自己生母和妹妹时，他自杀了；四凤、周冲也触电而死。侍萍目睹这些悲惨情景痛不欲生。她和大海毅然离开周家，只剩下周朴园留在这崩溃了的罪恶家庭里。

这两本《雷雨》“小人书”，一本是话剧本，由曹禺亲自改编，导演是王啸平，助理导演是李守荣，摄影是曹震云。上海人民艺术剧院二团演出，上海人民美术出版社1979年11月出版，首次印刷就达到七十万册。一本是绘画本，王莹良改编，谢京秋绘画。辽宁美术出版社1982年5月出版，首次印数为四十一万册。在三十多年前出版一本“小人书”，第一次印刷如此之多，至少说明了两个问题：一是社会需要，出版社是根据市场确定印数的；二是《雷雨》这部文学作品本身的社会影响大。人们提起曹禺，就自然想到了《雷雨》。《雷雨》几乎成了曹禺的化身。而现在的名人著作改编的连环画，也成了收藏界的新宠。

我收藏的《雷雨》戏单

缪志明

话剧戏单，是寒斋纸质收藏品中的门类之一，其中有些是国内各院团演出曹禺《雷雨》时用来介绍剧情与演员的。这些戏单均为新中国成立后制品，最早的是北京民艺话剧团首次旅汉公演时所印，用的还是汉字简化前的繁体字，演出地点为武汉人民剧院，导演叫张雪峰。该剧团是解放初期北京地区颇为活跃的话剧团体，1956 年易名为北京实验话剧团。

1997 年 12 月北京人艺演出《雷雨》的戏单

中央戏剧学院导演系五九班学生实习公演的《雷雨》戏单，亦在此批藏品之中。导演为欧阳山尊，饰演周朴园和鲁侍萍的，分别叫赵崇德和史蜀君。戏单“前言”明确写道：“今天上演《雷雨》，回顾一下近百年来中国人民走过一条怎样的道路，无疑将激发我们更加热爱美好的现实生活……作为导演系的学生，还意味着认真学习传统，努力继承老一辈艺术创作的精华，提高我们表现现代生活的能力与信心。”

安庆市话剧团 1962 年演出的《雷雨》，导演叫齐重恩，分别由焦杰和章晚菱、齐重恩(B角)饰演周朴园和鲁侍萍。其“剧情简介”用了这样一句话来介绍该剧:“《雷雨》所呈现的,应是旧的在死亡,新的在成长。”

“文革”后《雷雨》恢复上演当自1979年始。寒斋所藏北京电影演员剧团、保定市话剧团、南通市话剧团《雷雨》诸戏单,都写明公演年份是在该年。北京电影演员剧团演出时的导演叫陈怀恺,保定市话剧团演出时的导演是邹贺年、陈宝生,南通市话剧团演出时的导演叫杜友渔。其中南通团戏单的“写在演出之前”,今天看来非常有历史感:“‘四人帮’大肆鼓吹‘文艺黑线专政论’,《雷雨》和许多优秀作品一样,被打入冷宫十年之久,英明领袖华主席为文艺事业带来了‘百花齐放’的春天,使《雷雨》和许多作品重新得到了解放。”该戏单还特别提到周总理的一段有关《雷雨》的阐析:“演出《雷雨》这样的戏,是要……教育青年认清旧社会的黑暗制度和恶势的可憎,警惕反动势力的复辟,认清旧的思想意识,加深对它的痛恨。”

北京人艺演出《雷雨》的戏单,寒斋藏有五种,其中三种是“文革”前的,两种是“文革”后的,导演均为夏淳。“文革”前的三种,都摘印了曹禺的《雷雨》英译本序。“文革”后的,以1997年12月的设计最为精美,上面除隶书“雷雨”两大字外,还印有曹禺的画像,并配了两行字:“纪念中国话剧运动九十周年 纪念戏剧大师曹禺逝世一周年”。

天津人艺演出《雷雨》的戏单,寒斋亦藏有五种,也是“文革”前三种,“文革”后两种。“文革”前的,演出时间分别为1956年、1959年和1962年,戏单中均印有同样内容的“幕前词”,导演都是方沉,饰演周朴园和鲁侍萍的,分别是肖林和齐玉珍。“文革”后的第一种,演出时间为1982年2月,导演换成丁小平,由肖林和石葳分别出演周朴园和鲁侍萍。“致观众”写得颇为热情洋溢:“我们以极其兴奋的心情,将《雷雨》这一部中国话剧史上杰出的现实主义巨著、这一朵历经半个世纪沧海桑田演变仍散发着强烈感染力的艺术之花,郑重地奉献在你们面前。”第二种,演出时间为1997年,导演是方沉,由肖林和杨宏雯分别饰演周朴园和鲁侍萍。该戏单摘印了1936年《雷雨》序中的一段话："写《雷雨》是一种情感的迫切需要。" 其下特别说明："《雷雨》我院曾于1956、1960、1962、1982四次公演，1997年是第五次将该剧搬上舞台。"如此说来，天津人艺这五次公演《雷雨》的戏单，笔者都收集齐了，只是该说明错将1959年写成了1960年。

除各话剧院团争演《雷雨》外，国内其他剧种也纷纷对其加以改编和移植。寒斋所藏戏单中，便有北京勇进评剧团1979年8月所公演的同名评剧，另外还有上海芭蕾舞团公演(演出时间未明)的同名芭蕾舞剧。据笔者所知，歌剧、甬剧、沪剧、黄梅戏乃至评弹等，都曾上演过该剧。这说明，《雷雨》的巨大影响力早已经超出了话剧界。

《雷雨》的广告

由国庆

1935年5月，吴朗西、伍禅、郭安仁等人在上海创办文化生活出版社，但刚开始资金匮乏，只好编辑些无需稿酬的书籍，可谓惨淡经营。于是，吴朗西致函正在日本东京的巴金，恳请他来主持工作。这一年8月，三十一岁的巴金归来不久即出任该社总编辑。巴金思想活跃，入主后重新思考和定位了系列出版选题，更加侧重文学、大众哲学、社会史等。

1936年1月首度出版的《雷雨》单行本，正是巴金倾力推出的“文学丛刊”中的重磅作品，曹禺也由此声名益著。

好酒也怕巷子深。重视图书宣传、认真撰写广告是巴金工作的重要组成部分。之于文学丛刊，之于《曹禺戏剧集》中的开篇大作《雷雨》，巴金确是殚精竭虑。他专门为丛刊写了推介广告：“我们编辑这一部文学丛刊，并没有什么大的野心。我们既不敢担扛起第一流作家的招牌欺骗读者，也没有胆量出一套国语文范本贻误青年。我们这部小小的丛书虽然包括文学的各部门，但是作者既非金字招牌的名家，编者也不是文坛上的闻人。不过我们可以给读者担保的，就是这丛刊里面没有一本使读者读了一遍就不要再读的书。而在定价方面我们也力求低廉，使贫寒的读者都可购买。我们不谈文化，我们也不想赚钱。然而，我们的文学丛刊却有四大特色：编选谨严，内容充实，印刷精良，定价低廉。”

《雷雨》的出版，话剧的上演，皆大获成功。不久，文化生活出版社再度加力推广，同时发布的广告称：“《雷雨》是曹禺先生的第一部剧作，发表以来，轰动一时，各地竞相排演，开未有之盛况。两年以来，《雷雨》支持了整个中国的话剧舞台。我们可以说,中国舞台,是在有了《雷雨》以后才有了自己的脚本。全剧共四幕,前有序曲,后有尾声,都十余万言,煌煌巨制,可入希腊古典名作之林。现已译成英日各种文字,备受国际推崇。"

从《雷雨》在《文学季刊》首次发表的鼎力支持开始,巴金便与曹禺结下了深厚友情。1940年10月,巴金从昆明飞抵重庆。当时曹禺正在江安,得知好友的消息,曹禺即发函邀约巴金来小城一游。11月初,巴金乘船而至,老友阔别三年重逢,显得格外高兴。

不日回到重庆后,巴金仍沉浸在温馨之中。这一年的12月间,巴金在沙坪坝为曹禺即将出版的剧本《蜕变》写了一篇后记,他深情地道:"我喜欢曹禺的作品,我也多少了解他的为人、他的生活态度和创作态度……从《雷雨》起我就是他的作品的最初的读者,他的每一本戏都是经过我和另一个朋友的手送到读者面前的……" 巴金进而写道,《雷雨》感动过他,《日出》《原野》也是,"现在读《蜕变》,我也禁不住泪水浮出眼眶……六年来作者的确走了不少的路程。这四个剧本就是四块里程碑。"他接着言明,之所以把《蜕变》介绍给读者,就是"让希望亮在每个人的面前"。巴金如此推介,也算得上是为曹禺所做的一段广告吧。

1942年末,曹禺应导演张骏祥之邀,将莎翁的《罗密欧与朱丽叶》改译为五幕话剧在重庆公演(时称《柔蜜欧与幽丽叶》)。转年2月,巴金依旧力挺老友,特为此剧撰写了说明书"广告词",赞誉其"是一部伟大的典型的爱的悲剧,也是青年莎士比亚的抒情诗"。巴金说全剧表现了"热烈、坚定、强烈、不幸的爱:唯其热烈,所以它冲破了一切藩篱;唯其坚定,所以它在幸福和死亡之间找不到一条中间的路;唯其强烈,所以它把两颗年青的心永远系在一起;唯其不幸,所以爱的陶醉之后紧跟着就来了死亡"。

文学是情感艺术,巴金撰编广告、宣传书籍同样是用心用情来写的,对曹禺而言,对《雷雨》等名著来说,更可谓倾情至深,就好似他们的友谊。

《雷雨》译本知多少

王勇则

与作家相伴相偕的译者、与作品相得益彰的译本是推动文学播誉四方的催化剂。传世名著的背后,也一定有追求"信达雅"的翻译家闪烁智慧火花的再创作。《雷雨》剧作能成为常演不衰的巨作,与各国翻译家的不懈努力是密不可分的。

《雷雨》甫一问世,社会反响凸显。1935年,留日学生戏剧团体——中华话剧同好会在东京上演《雷雨》,日语台词由东京帝国商科大学留学生邢振铎等翻译。演出引起观众强烈共鸣,日文报章"甚表嗟赞"。邢振铎、影山三郎的译本,在秋田雨雀等努力下,1936年2月6日由东京汽笛社出版发行(大32开布面精装本)。曹禺深感"荣幸、惭愧"之余,特作序致谢,并在文化生活出版社出版的《雷雨》单行本(上海,1936)序言中,对他们的"热诚和努力"再表谢意。

鲁迅很关注此次译介。1936年2月15日鲁迅日记载,"午后买日译本《雷雨》一本,二元二"。4月22日又载:"得日译本《雷雨》一本,作者寄赠。"曹禺的签字为"鲁迅先生教正 曹禺 一九三六年"。

1953年,影山三郎重译《雷雨》,由东京未来社出版。他在《后记》中道出缘由:"这二三年,若干自立剧团、学生小组,把我手头仅剩一册的译文到处上演,直到弄得破烂不堪为止。"

1936年10月起,上海的英文《天下月刊》连载姚莘农(姚克)翻译的《雷雨》(Thunder and Rain)。已知该译本的单行本出现在1941年4月由中英出版社出版的《英译中国三大名剧》中。除《雷雨》外,还包括

英文版《雷雨》书影

德文版《雷雨》书影

林语堂《子见南子》、田汉《湖上的悲剧》。

1958 年，北京的外文出版社出版王佐良、巴恩斯翻译的《雷雨》英译本《Thunder Storm》。曹禺在《序》中称："这个戏太长了，曾多次想删改一下……如果在国外有人愿意上演这个戏，我想为国外的观众着想，剧本的缩减更是必要的。"该译本印量可观，传布甚广，已知还有 1964、1978(美国书商出版过该版本)、1990、2001 等多个版别，封面装帧也有变化。

外文出版社出版的《雷雨》其他语种译本，有法译本(外文出版社法文部译，1958、1962、2004)、德译本(1980)、西班牙译本(1984、2011)、乌尔都文译本(伊诗迪亚克译，1984)、印地文译本(乔希、庄重译，1981)等。而《雷雨》在法语国家的传播，是曹禺 1987 年获法国荣誉勋位团高级军官勋章的重要原因。

1946 年 7 月，乐浪剧会在韩国首演《雷雨》，观众计约七万五千名。《雷雨》韩译本有宣文社出版的金光洲译本(汉城，1946)、韩国中央日报社出版的《中国现代文学全集》第18卷(金宗玄节译,汉城,1989)、韩国文化社出版的韩相德译本(汉城,1996)。崔寿峰译《雷雨》(朝鲜文),则是由民族出版社出版的(北京,1958)。

20世纪五六十年代,东欧掀起《雷雨》上演热潮,仅苏联演出场次就达两千场。苏联艺术出版社出版《曹禺戏剧集》俄文版两卷(莫斯科,1960),第一卷收《雷雨》《日出》和曹禺撰《作者的话》。苏联鞑靼自治共和国也用民族语译介《雷雨》(喀山,1959)。捷克斯洛伐克有捷克文译本(译者斯莱斯扎克、特卡尔祖),后被魏利德转译成斯洛伐克语译本。汉学家杨玲(霍达亚·伊丽亚娜)是罗马尼亚译本的译者之一。2003年6月,塞尔维亚菲利普·维什尼伊奇出版社、中国驻塞黑大使馆联合举办《雷雨》塞尔维亚文版(米尔娅娜译)发行仪式。

《雷雨》在东南亚也有深远影响,已知有越南语译本(邓台梅译,载1944年《清议》杂志)、缅甸语译本(妙丹丁译)、马来语译本(在马来西亚国家语文局出版社所办《文学月刊》上连载)和泰语译本等。

新疆翻译家阿布来提·乌买尔、云南翻译家纳训还分别将《雷雨》译成维吾尔文、阿拉伯文。世界语版(刘才盛译,1997)和盲文版(2000)《雷雨》,分别由中国世界语出版社、中国盲文出版社出版。

曹树钧《论曹禺剧作在世界舞台上的影响》称,截至2000年,"曹禺剧作广泛活跃在日本、韩国、蒙古、越南、新加坡、菲律宾、印度尼西亚、马来西亚、叙利亚、俄罗斯、白俄罗斯、阿塞拜疆、乌兹别克、德国、捷克、匈牙利、罗马尼亚、阿尔巴尼亚、瑞士、美国、加拿大、巴西、埃及、澳大利亚等二十多个国家的舞台上"。加之近年《雷雨》仍在继续传播,译本肯定还有不少。有一种说法,说《雷雨》是"我国目前翻译成各国语言文字最多的戏剧"。不过,也许只有将各时期《雷雨》译本、译者缕析清爽,才能得出更准确答案。

天津左翼文化运动与《雷雨》

王凯捷

20世纪30年代,天津与北平是北方左翼文化运动的中心。由于天津所处的重要战略地位,以及东西文化交融的特色,为进步文化事业的广泛开展创造了有利条件。中共六大召开后,以文学艺术为中心的革命文化运动在天津得到逐步开展。1932年,天津左翼作家联盟、天津左翼社会科学家联盟、天津左翼戏剧家联盟相继成立,并在此基础上成立了天津左翼文化总同盟,成为领导天津左翼文化的中枢。

天津是中国话剧的发祥地之一。在左翼文化运动的影响下,这期间,天津左翼戏剧家联盟组织"三三剧社"和"晦明剧社"在法租界春和戏院联合公演了《丰收》《居住二楼的人》和田汉的《梅雨》等剧目。与此同时,"春草剧社"、"孤松剧团"、"鹦鹉剧团"、"青玲艺话剧团"、"天津职业剧团"等一批进步戏剧团体先后成立。他们不顾禁令,冒着危险演出了一幕幕鼓舞人心的进步戏剧。1934年7月,《雷雨》在《文学季刊》上发表,在平津一带产生了极大反响。1935年8月17日,天津"孤松剧团"在师范学校礼堂公演《雷雨》,引起强烈的社会反响。为扩大社会影响,天津《益世报》《庸报》副刊连续出版了几期专号。《庸报》发表了题为《对于话剧界的一个苛求》的文章,对"孤松剧团"演出的《雷雨》给予高度评价,认为"突破了这久已沉闷的艺壤",表现出话剧界"不屈服"和"抵抗"的精神,值得"称颂与欣慰"。因此,发出了"话剧大众化"和把话剧"交还给大众"的号召。

1937年2月,天津"东方旅行剧团"在中国大戏院公演由莫胡导演的《日出》，获得成功，并于当年 5 月由《大公报》组织的评选优秀剧目中获文艺奖金。“孤松剧团”也因《雷雨》的演出得到社会各界的广泛好评，由此极大地鼓舞了全体演职人员的创作热情。随后，为配合抗日救亡运动的兴起，又相继创作演出了《放下你的鞭子》《血债》《一个没有登记的同志》等进步戏剧，并集体参加了天津戏剧协会。

在《雷雨》演出成功的影响下，天津的进步戏剧得到很大推动，1935 年后，为推动蓬勃兴起的抗日救亡运动，在中共北方组织直接指导下，天津的进步戏剧活动得以发展并形成声势，从而为北方抗日救亡运动的发展壮大注入了生机与活力。

影响曹禺的一位地下党员

王勇则

“在创作《雷雨》之前，我只是间接读过一点马克思主义的书。共产党人，我也接触过的。”曹禺在回忆天津南开中学就读往事时，一直对同学中一位名叫郭中鉴的地下党员念念不忘。

《曹禺同志谈剧作》(《文艺报》1957 年 2 期)载，“在学生时代，有几件事对我以后的写作有些关系……再一件，就是在初中三年时的一个同班同学给我的影响。他的名字叫郭中鉴，平常不苟言笑，但他使人感到亲切、诚恳。他当过我们的班长，说起话来便滔滔不绝。那时我很小，不太懂得他讲的道理。但他给我的印象，是一个成熟了的‘大人’，不平凡的。有时，我从他身旁偷偷望一下他记的老师讲课的笔记，那字迹写得十分挺秀，整齐得惊人。他是我们班上功课最好的学生。到‘高一’下学期、春天的时候，他就不见了；我读‘高二’时，他被捕了。听说北洋军阀严刑拷问他时，他表现得很坚强，一直不屈。这个人没有对我说过几句话，但他影响了我。那时已经听说，这种人叫做共产党，我才知道，在世界上还有这一种不怕强权、不顾生死、决心要改变社会的人。”

曹禺《我的生活和创作道路》(《戏剧论丛》1981 年第二期)载，“最影响我的人是一个南开中学同学，四川人，叫郭中鉴，个子不高，瘦瘦的、黑黑的，功课品行，全班第一，我们举他当班长。他沉默寡言，说话行事，非常中肯。听说，一天，他忽然在校外被特务抓起来了，从此再也见不着他。和我比较接近的同学说，他就是共产党员。在军阀的牢狱里，他始终不屈，在法庭上，他奔上前愤怒地把手铐向法官击去！在 1927 年北伐时被军阀枪毙了。他使我永远记住，现在还是忘不了他那沉默中的英气。”

《曹禺早期改译剧本及创作》（辽宁大学出版社1991年版）所载《访曹禺先生记》称，“我在高三时，共产党员郭中鉴死的时候我很佩服。张致祥跟我住对脸、郭中鉴住我旁边。”

郭中鉴确有其人。1927年10月《南中周刊》第30期《双十专号》载，9月24日，郭中鉴等在南开同学会奉天同乡对日外交后援会上发表演说，“措语均极沉痛”，满场观众非常激动。10月4日，南开学生会举行第五届代表大会，“组织反日运动委员会。委员十人，全校同学均有被选举权。选举结果：管亚强（即张致祥）、万家宝、张廷勋、郭中鉴……”郭中鉴还参与《南中周刊》的编辑工作。10月7日，新成立的该刊出版股“在校务会议室开首次编辑会议，由郭中鉴主席”。

笔者判断，郭中鉴有可能是见诸史载的党史人物郭宗鉴烈士（1906—1935）。

较早记载郭宗鉴生平的文章《永不消逝的长虹——记郭宗鉴烈士英勇斗争的事迹》（《历史教学》1980年第五期）载，“郭宗鉴（中坚）烈士是中共顺直省委领导人之一”。并称：1925年他在南开中学高中读书时，组织文学会并负责出版工作，北伐战争前夕，党组织推荐他到黄埔学校学习军事，其间入党，回津后，任顺直省委秘书、秘书长兼锄奸队长。

其狱友司呈祥撰《郭宗鉴同志在狱中》载，郭宗鉴，又名鉴秋，四川省长寿县郭家湾人，早年曾在天津南开中学读书，能言善辩。《彭真年谱（1902—1997）》《彭真传略》载，1929年2月19日，天津当局呈报南京政府行政院的《计抄呈被抓共产党姓名证据一件》中，列有“毛公（傅茂公）和郭中见（宗鉴）”等顺直省委负责人。1929年6月，郭宗鉴因处决叛徒被捕，《益世报》载文《津市破获大批共产党》称，郭宗鉴24岁、湖北人、特务股员。

1926年入“南开”就读的高承志比郭宗鉴低两年级，他和唐锡朝

(唐明照)、章功叙(靳以之弟)等,曾受郭宗鉴同班同学张廷勋(张伯训)委托,参与营救工作。他在《我接触到的第一位共产党人——郭宗鉴烈士》中称,郭宗鉴是1927年"南开"学潮带头人之一。"被开除后,曾赴广州投考黄埔军校,因体检不合格未被录取,此后他便转入'地下',从事党的秘密工作。"郭宗鉴被捕后,被关押在设于天津的河北省第三监狱。《大公报》载文称其"在审讯时曾举起手铐要打警官"。他被判无期徒刑后,"毫无悲观消极情绪,言谈开朗,亲切和善",并与傅茂公(彭真)等领导狱中斗争,组织"罢食运动"。

总之,郭中鉴与郭宗鉴生平有很多交集。若将这两个名字完全重合,仍需厘清细节,坐实确证。

同学姜治方忆述曹禺

雍　赜

集邮家姜治方在天津南开中学就读期间(1922—1924),一度与曹禺为同班同学。他在《集邮和我的生活道路》中,有一段对曹禺的生动回忆。

姜治方(1907—1980),湖南长沙人,原名姜襄,字子勋。辛亥革命后,其父姜济寰为长沙县首任知事,1920年任湖南省财政厅长。姜治方在武昌"读了一期初中"后,1922年来津报考南开。

姜治方回忆:"这年,'南开'从四年制改为六年制,分初中、高中两部。我录取在初中二年级,并在校寄宿……我升入初三时,被编在第四班。同班三四十位同学中,有个湖北籍的万家宝,即是现在著名的戏剧家曹禺。万家宝当时个子不高,坐在第一排。我坐第二排。万家宝虽然

天津南开中学外景

个子小，但作文优秀的名气在班上却很大。‘南开’初中的语文教师，用一种名之为作文‘发看’的办法，来表扬写作优秀的学生。‘发看’就是将某人作文原稿用图钉钉在教学楼的走廊墙壁上，供人观赏。我在‘南开’学习的两年中，从未享受过这样的荣誉。班上被语文教师选中‘发看’的人不多，而万家宝则是这少数人中的佼佼者。”姜治方在天津念完初中之后，于 1924 年 7 月离开天津。

曹禺《我的生活和创作道路——同田本相的谈话》载：“我真正接触话剧，是进了中学之后的事情。我是 1922 年进入南开中学的，是插班生，从初中二年级读起，六年制。我本该是 1927 年毕业，因为生病，休学一年。于是，我就成为南开中学第 21 届毕业生。那是 1928 年了。从 1925 年，我十五岁开始演戏，是我从事话剧的开端。”

南开中学毕业合影(右四为曹禺)

《曹禺年谱》载，1924 年曹禺“因病休学一年”。并注释出自万戒甫《出世丧母的曹禺》。此文载 1947 第四期《人人周报》，即“彼肄业南开初中时，我十三年(即 1924 年)参加直奉战役，回平过津……见其童年天真，聪明活泼”。但此言似难与曹禺休学挂上钩。

《曹禺传》载：“家宝进入初中三年级了……却在 1923 年的冬天生病了。家宝小时候没有种过牛痘，传染上了天花病毒。”《北京人艺经典文库·曹禺》载：“病愈之后，身体虚弱，休学一年。1924 年秋天复学后，家宝的兴趣已完全转到新文学上来了。”

可见,对曹禺休学的时间曾有不同解读。若对照姜治方的忆述,或可理解为:曹禺休学的时间不足一年,似为一个学期左右。至少从 1923 年秋至冬的数月间,他确在南开初三就读。姜治方的忆述不应忽视。

陆文璧于 1979 年采访整理的《曹禺纵谈创作历程》载:"'您什么时候进的南开中学?现在有几种说法都不一致'。曹:'我一个同班同学,叫孙浩然,在上海戏剧学院作戏剧系主任,他记得住。我是十四岁进的南开中学。大概十五岁吧,就演戏了,参加南开新剧团。'"《曹禺访谈录》中,载有田本相于 1982 年采访孙浩然的对话。孙浩然称:"我是高中一年级考入'南开'的,我和家宝都是 1924 年入学。"这个入学时间当在曹禺病愈复学之后,与姜治方所忆南开初三时的情形并不矛盾。

姜治方还回忆:"离'南开'后,我没再见到过万家宝,也未与之通信。知道万家宝即曹禺,是 30 年代我在比国使馆(任职)的时候了。南开校长张伯苓的弟弟张彭春教授,从美国到欧洲作抗日宣传时来到比京(即布鲁塞尔)……拿出一张刊有留美同学欢迎张伯苓校长报道的纽约中文报纸。报道中有一段说曹禺朗读了一首他欢迎张校长的新作。张教授说,曹禺即是当年南开初三四班的万家宝。"姜治方这时才恍然大悟。

但对于这段忆述提及的时间,应予商榷。1946 年 3 月至 1947 年 1 月,曹禺首次赴美讲学。1946 年 6 月 9 日,他与老舍在纽约联名赋长诗一首,为张伯苓献寿。这篇题为《张校长七十大庆》的贺诗,见载 1946 年 7 月 1 日的上海《大公报》。而张彭春此际也正以中国代表身份在欧洲参加联合国的活动。

曹禺评点话剧《分忧》

杨仲达

以《雷雨》闻名于世的曹禺先生，他的话剧创作肇始于天津，后来他也一直关注着家乡话剧的发展。

1981 年，在天津市职工文艺会演中，第二电子仪器厂创作演出的话剧《分忧》荣获一等奖，在津连续演出二十一场，引起强烈反响。是年底，剧组赴京演出再获好评。12 月 14 日，时任中国戏剧家协会主席、北京人民艺术剧院院长的曹禺在二七剧场观看了该剧，并会见了演员，对剧作做出了评点。

当月 17 日，曹禺在《工人日报》和《北京日报》分别发表了题为《工人阶级真是了不起——同天津市第二电子仪器厂〈分忧〉剧组座谈时的发言》和《一出鼓舞人心的好戏——看话剧〈分忧〉》的文章。这两篇文章都收入了曹禺的文集。

翻阅天津市档案馆的馆藏，可以领略到这部由该厂工会干事李景城编剧，由检修工、装配工、测试工、车工等组成演职人员的话剧的风采。该剧以某民用制品厂为视角，反映了天津这座城市在地震之后拆除临建、分配住房的问题，具有强烈的时代气息和鲜明的地域风格。剧情紧凑，人物形象突出，台词精彩，演员的感情充沛，使得这部话剧成为难得的“津味”佳作。该剧当年被搬上天津人民艺术剧院的舞台，并如一匹斜刺里杀出的黑马，获得了 1980—1981 年度全国优秀剧本奖，同年获奖的剧作如沙叶新的《陈毅市长》、苏叔阳的《左邻右舍》，都可算是名家名作了。次年，百花文艺出版社出版了这部话剧剧本，薄薄一册，只印刷了七百本。

这部话剧受到曹禺的关注,并不是偶然的。档案也记载了曹禺对演员们的谈话:“人物写得是非分明。正面人物,不惜笔墨,热情歌颂;搞不正之风的人物,给以揭露,批判,义正词严。看了十分痛快,十分感人。”“你们这个戏口语好,对话台词写得非常好,这台词是我想不到的,出口成章。整个安排也很好,整个故事的穿插,尤其是我想不到戏的结尾,很有意思。这个剧本写得很活,写得不是那么死板。”“看了你们的戏,给我感觉看出光明来,看出希望来,而且看出高贵的情操来。”“我们一个知识分子未必写出这么好的戏。你们代表了工人阶级, 就可以写出这样好的东西,所以,我代表中国戏剧家协会,代表千百万的戏剧工作者,向你们致贺。”

曹禺还说,这部话剧提出了房子问题,也提出一个更大的问题,就是在国家比较困难的时期,究竟是“分忧”还是“分油”? 也就是如何建设社会主义,如何完成四个现代化的问题。可以说,为曹禺所赞赏的这部话剧的主题,就是对于当年的中国梦的探索。

聆听曹公忆《雷雨》

甄光俊

1981年1月21日至23日，中国戏剧家协会天津分会召开第二次会员代表大会，中国戏剧家协会主席曹禺和夫人李玉茹、副主席赵寻，莅临天津指导工作，上级安排我在他们下榻的天津警司招待所(位于湖北路)负责接待工作。连续三天，我在北京客人出席会议以外的时间，常有面对面聆听他们忆旧的机会。特别是22日晚上，他们看完河北梆子剧院的演出，回到招待所时夜已深了，我到曹禺同志房间送他最爱喝的红酒味美思，他热情邀我坐下聊一聊。曹禺同志知道我原来在梆子剧院从事艺术创作，便从刚刚所看梆子戏谈起，渐渐把话题转入了有关天津演剧历史和剧本创作。

曹禺同志出生于天津，在天津读书、演剧，称得上是天津老乡。曹禺说，他练习写剧本起步于天津的学生时代。他就读南开中学的时候，就被西方戏剧大师在语言上的杰出成就所吸引，开始精心钻研，还将省下的零用钱买了英国著名演员艾伦·泰瑞主演的《罗密欧与朱丽叶》唱片，只要有工夫便如醉如痴地反复聆听。1930年他考入清华大学西洋文学系，对于西方戏剧的研究越发痴迷。他仔细研读莎士比亚剧作的原文，对莎翁语言的魅力、掌握文字的本领，以及对话的惟妙惟肖、遣词造句的功力，领悟颇深，从心里钦佩。他崇拜莎士比亚写出的台词，像泉水那样自然地喷涌而出，每一个人物，哪怕是一个乞丐、一个王侯、一个奶妈，他们的台词或如晶莹溪水，委婉潺湲，或如长江大河，一泻千里，各色人等都有角色的光彩，让人铭刻在心，久久难忘。曹禺在清华大学求学期间，还读了英文版《易卜生全集》和美国的《剧场月刊》，翻译、改编了两个外国独幕剧、几篇莫泊桑的小说。他在从事戏剧创作之前，便为此后成为杰出戏剧作家备好了雄厚的基础。

曹禺同志结合他写作剧本的实践体验，谈到剧作家准确把握人物性格化语言的重要性。尤其话剧，语言的功力是剧作家必须认真修炼的一门功课。他说，当年他写《雷雨》的时候，常于夜深人静之际，独自一人在屋子里走来走去，往往把自己当成剧中的角色，为他编写台词，设计动作，有时为了编写一句个性化台词，推敲来推敲去，反反复复好几遍。从那时起，他明白了戏剧语言不同于一般文学语言，要写出符合人物身份的性格化台词，对于话剧艺术何其重要。而这种语言功力不是从书本里学来的，要靠生活积累，到生活中去捕捉、体验。曹禺同志说，他为了到群众中收集形象化的生动语言，随身携带个小本子，每听到生动的语言，立即掏出本子把特色语言以及说话人的口气、情绪记录下来，以备写作时加工选用。曹禺同志坚持耳听手记，日积月累，经过提炼、消化，成为他艺术宝库里的素材。他创作的剧本，人物台词口语化与诗意完美结合，与他长期深入学习生活化语言有一定的内在联系。

那天晚上，赵寻同志也来到曹禺夫妇的房间。赵寻同志曾于20世纪40年代，领导中共地下党组织的第二演剧队，在天津活动过较长时间。他在听曹禺同志跟我聊《雷雨》的写作时，接茬儿回忆起1948年，演剧二队奉刘仁之命从天津撤离回解放区之后，地下党组织剧运各时期涌现出来的优秀话剧演员，于同年11月在天津文化会堂举行过的一次盛大演出，剧目就是由梅阡执行导演的《雷雨》。演员阵容堪称强大：魏鹤龄饰周朴园，高笑鸥饰周萍，韩非和董行佶前后分饰周冲，李景波饰鲁贵，周峰饰大海，梁琛饰侍萍，张茜饰四凤，费茵饰蘩漪。爱国的话剧演员们以海河水哺育的杰出剧作家曹禺的名作《雷雨》，迎接天津的解放。

三十多年前我有幸当面聆听曹禺同志讲述他创作《雷雨》前后的人生片断，既是往事回忆，更是经验小结，如今把它写下来与同道共享，也算是对曹禺的纪念吧！

舞台上的曹禺

芥 园

1934年盛夏，随着《雷雨》的成功，曹禺这个名字也开始广为人知。随后不久，他从清华大学西洋文学系毕业，并应老同学杨善荃的邀请，到天津河北女子师范学院任教。正巧赶上张彭春由美国归来。曹禺在南开求学时，即与张先生有师生之谊，二人津城再聚首，也就为即将开始的好戏拉开了帷幕。

在筹备1934年南开校庆时，张彭春酝酿再度演出《新村正》一剧，便力邀昔日弟子曹禺加盟。1934年10月17日，该剧在南开中学瑞廷礼堂演出，获得各界一致好评。次年（1935年），张先生又计划把法国剧作家莫里哀的《悭吝人》搬上舞台。在将其改编成《财狂》的过程中，曹禺下足了功夫，使其完全中国化，并对剧中人物进行了重新解读，以迎合中国观众的欣赏需求。同时，他还在剧中扮演主人公韩伯康。

1935年12月7日首演当天，《益世报》特开辟"南开新剧团公演莫里哀《财狂》"专号进行报道。其中《〈财狂〉的演员介绍》就对曹禺多年来饰演过的角色做了

曹禺演出《马百计》剧照

论述。“记得十年前,男女合演的风气,还没有普遍于全国,我们的万教授,便以饰演《玩偶家庭》中之娜拉,而受到人们热烈的赞许;六年前又以演《争强》中的董事长安敦一而获得意外的成功;1934年,就是去年,复以饰演《新村正》中的吴二爷而为多数人叹服;这一次他饰《财狂》中的主角——韩伯康。他已不是娜拉那样的活泼,也不是安敦一那样的果敢、沉着,更不是吴二爷那样的深邃、奸谲;而是一个没有自信心的、神经质的、期待着人怜悯的、金钱的奴隶——一个可怜的老头子。”可见曹禺在戏剧表演上堪称多面手,能胜任各种角色。

12月7日和8日公演两场,津门轰动一时。据田本相《曹禺传》记载,甚至“郑振铎、靳以特地从北平来观看演出。演出结束,郑振铎到后台表示祝贺,称赞不已。他对曹禺说:‘家宝,在舞台上你的眼睛真亮,好像闪着光,真是神了。’”

各大媒体对曹禺的表演也是不吝溢美之词。1935年12月9日《益世报》里《〈财狂〉的演出》一文中就称颂道:“他是剧中唯一的主角,别人都是为烘托他的性格而生的,他从始至终维系着全剧的生命;万君更以全副的力量来完成这个伟大的职务,他的化装、服饰和体态,无一处不是对悭吝人的身分摹拟得惟妙惟肖,尤其是抑扬顿挫的语调和喜怒惊愕的表情,都运用得非常贴切得体;当他发觉他的美国股票被人偷去时的疯狂的嘶喊、暴跳与仆倒,其卖力处已达顶点,他是丝毫不苟地表演着真实,所以动人极深!把一个守财奴被钱支使得作出各色各样的姿态,真是可笑亦复可怜。总之他是具有天才和修养,并且知道如何地表现。这就是‘舞台的技巧’。把两者合拢起来,便形成戏剧家的典型。所以他编的《雷雨》之能够成为伟作,在这里找到了注脚了。”

诗云:“纸上得来终觉浅,绝知此事要躬行。”笔者以为,表演实践的经历,让曹禺对理解戏剧创作和把握人物思想有了更加感同身受的体会。也正是对《财狂》的诠释,使他对金钱的憎恶进一步加深,这对其不久后创作第二部力作《日出》,或许是大有裨益的。

曹禺修改《雷雨》台词亲历

郭 娟

第一次拜见曹禺先生是在 20 世纪 90 年代初，那时已是他的暮年。

此前当然读过《雷雨》。读之前是听——听过电台播放的话剧录音剪辑。70 年代末 80 年代初，电视还没有普及，听话剧、听电影、听小说连播是很主要的娱乐呢。虽然只是听，也一样获得艺术震撼。《雷雨》是我刚上中学时的某个星期天上午在收音机里听到的，那种激烈的情绪、错综的人物关系，特别是大少爷与四凤、蘩漪之间微妙而紧张的冲突，攫住了我的注意力。那样的世界，那样一些人物，是超出一个十三四岁少年的认知与想象的，因而留下了深刻的印象。

上大学读中文系，研读现代文学，自然绕不过《雷雨》。那时"方法论热"，各种古典的、现代的，中国的、西方的文学批评理论，如十八般兵器，用来干吗?分析、阐释、研究。《雷雨》的主题、思想、人物、结构、语言、风格、所受影响以及写作背景、文学史话剧史地位……里里外外条分缕析，解析得稀里哗啦。当然不单是对《雷雨》，那时一切中外名著都要经受课上课下教授学生这番解读。

在学校每天与中外文学大师做精神交流，对大师也会品头论足、臧否一番，所以当我走进曹禺先生在北京木樨地的客厅，并不紧张。跟在老编辑张小鼎老师后面，我悄悄观察曹禺先生：有点虚胖的身材，镜片后略有些浮肿松弛的眼袋，近视眼固有的茫然眼神，迟缓的动作，脸上的表情虽然客气谦虚但有一点"空"。我的脑海里快速闪过他的照片，那是他创作《雷雨》时年轻风发的样子，特别是那双闪着明亮的光芒、掩不住聪慧与热情的眼睛。

张小鼎老师向他引见了我，由我“直奔主题”——我所在的人民文学出版社计划出版“中国现代名剧丛书”，收五四以来中国最优秀的剧作，曹禺剧作自是必有的。我们计划出版《雷雨》《日出》《原野》《北京人》，后尊重曹禺先生的提议，又加上《蜕变》。事先张小鼎老师已做了良好的沟通，所以这次在合同上正式签字，很顺利。这一版《雷雨》发稿用的底本是文化生活出版社的版本，这个版本有序幕，有周朴园在教堂里忏悔的尾声，周朴园的形象更有人情味。新中国成立后阶级斗争理论不断升级，政治运动不断，郭沫若、曹禺等老作家纷纷修改旧作以符合政治正确的要求，这个老版本几十年不得流传了。这一次恢复这个老版本，曹禺先生是很赞成的。

随后，我就编辑过程中发现的一些问题——多是字词问题，一一向他请教。进入工作状态，曹禺先生认真起来，戴上眼镜，有时又摘下眼镜，贴得很近去看那发黄薄脆的老版书页。我提出一句蘩漪台词似有不通：“像个疯子似的守着我。”从演戏情境可知，这说的是周朴园认为蘩漪精神有病，叫人注意她，然而主谓宾推下来却是周朴园像个疯子似的守着蘩漪，这意思就拧了。曹禺先生偏过头来问我：“你说该怎么改？”我一下子很窘，我怎么敢改，哪怕是一个字。曹禺先生也笑了，似乎才看清我是个未脱尽学生气的小编辑。像是安慰，他表扬我一句：“你看得很细！”我心里很高兴，几个月来对照各种版本校勘这五个剧本，真正下了点工夫呢。曹禺先生这时来了兴致，用手飞快地抓挠几下头发，说当时写《雷雨》，情绪上来了，来不及细想，就是写，写，写！一天写一幕、两幕，一口气写几千字！他仿佛回到灵感爆发、激情写作的往昔岁月。这一刻，我看见了神采焕发、才气纵横的作家曹禺，非常年轻，健谈，有激情。

那一句由曹禺先生乘兴亲自改了，改得挺好，仅在“像”字后加了一个“看”字，意思就顺了。可以说，这个版本的五大名剧是曹禺先生的"钦定"版本。这套书后来多次再版,特别是《雷雨》,重印过很多次。

后来也还见过曹禺先生几次,但印象都不及这一次鲜明。我时常想起那一刻他神采飞扬的情境。特别是编辑《新文学史料》接触更多有关曹禺的史料,对这位作家一生有了更多了解之后,更能体会到暮年曹禺对于写作仍空怀壮志,却无法写出自己满意东西的痛苦。他多想回到写作《雷雨》时的状态啊。但是曹禺先生——

您有《雷雨》,已经足够。

曹禺的最后时刻

董 鹏

曹禺的戏剧之路是从天津开始的，而《雷雨》的故事也发生在天津。作为曹禺家乡天津的记者，我曾从他的夫人李玉茹那里，了解到他生命的最后时刻。

当时，曹禺因患肾衰竭，长期在北京医院住院治疗。住院的日子里，曹禺始终关注着戏剧创作，他在病床边预备了好几个本子，想到什么就写什么，有日记，有断想，还有剧本提纲。此外，《托尔斯泰评传》也是他常看的书，他常常表示要写一个“大东西”。奈何天不假年，死神的脚步正在向大师走近。1996 年 11 月，他开始患感冒，体温在 37.2 摄氏度左右，胃口也不好。打吊针治疗了六天，体温有所下降。

12 月 2 日，中国文联高占祥等同志来医院，向他汇报第六次文代会的筹备情况，并请他参加，准备稿子讲话。曹禺拖着病体说：“我很惭愧，知道会议很重要，恐怕参加不了。”高占祥说：“或者只到几分钟，讲几句话，和大家拍个照。”征求医生的意见，医生没有同意，因为曹禺的病怕感染。曹禺本人还是很想参加，甚至他还让夫人李玉茹给他拟稿子，内容主要讲做人的道理，做人要有高尚的情操、高尚的品德，要有文化。此后他一直惦记着这件事。

12 月 10 日，一直陪伴在旁的李玉茹，发现曹禺胸中有痰咳不出来，便找值班医生给他服了消炎药。

12 月 12 日下午，李玉茹为曹禺拿来了为他新定做的一套衣服。三点多钟，又发现曹禺呼吸急促，忙找到医生检查，确诊是肺炎，胸内有积水。为此,他再次打了一个小时的吊针。直到晚上 7 点多钟,他们才吃饭。平时,曹禺常常昏睡,吃两口饭就说饱了,这一顿饭他吃得很好。晚 8 点多,李玉茹离开了医院回家。过些时候,医院护士打来电话告诉她,曹禺又起来了,穿好衣服看电视,后来又看了一会儿报纸,并在十点半时做了治疗,然后躺下休息了。

12 月 13 日凌晨一点多钟,曹禺醒后说:“给我穿衣服,我要起来。”护士说:“现在是夜里,不要起来了。”两点半,医生来查房,看他呼吸、心率都很好,他自己也说感觉很好。三点四十五分,护士长来查体温,感觉他体温高了些。几分钟以后,发现他的呼吸也慢了,脉搏也慢了,赶忙做人工呼吸,并找来了医生进行抢救。四点四十分,李玉茹赶到医院,医生没让她进病房,告诉她还在进行抢救。六点零五分,李玉茹来到曹禺的病床前,看到心脏监测器里已经是一条线了。家人告诉她,她呼唤曹禺时,荧屏里的线还跳动了两下。

一代戏剧大师安详地走了。李玉茹俯下身,亲了亲曹禺的脸,感觉还不很凉,像他平常睡觉一样。

曹禺：这就是我原来的家

章用秀

“不错，绝对不会错的，这一家姓萧，那一家姓陈，我真是像在做梦啊！”

“这就是我原来的家！”

1985年10月5日，曹禺莅津寻访故居。当汽车拐进河北区民主道时，曹禺一眼便认出了他熟悉的灰白色小洋楼，这正是他青少年成长的地方——万公馆。曹禺显得异常激动。

曹禺的那次故乡之行兴奋极了，他一下子便认出了旧时的街道。据陪伴前往的曹禺的女儿万方讲：“汽车停在路边，我们向他的‘小白楼’走近。他指着街道两旁，‘就在这个地方，我小时候这里排着一溜儿人力车，天津人叫胶皮，不问价钱，上去就走’……”

万方说：“童年之乡的印象大量地涌进脑子里，我爸爸显得又激动又迷惑。他站在那里，望着四周说：‘奇怪，一点也没变。就在这个胡同口，经常看到逃难的农民，一头挑着锅，一头挑着孩子，晚上叫得很惨。’”

曹禺写的戏，无论《雷雨》还是《日出》的原始素材，都来自天津，是他在天津生活的积累，都离不开他“原来的家”。他说：“这两个戏的故事情节都是我天天听得见、看得到的亲戚、朋友、社会上的事……某家是个大家庭，和我家有往来，但与事件毫无关系，只不过是借用一下他们住在英租界一幢很大的、古老的房子的形象……写鲁贵家取材于老龙头车站（东车站），一道铁栅栏门以外的地方，过去那个地方很脏。”

从《雷雨》中我们不仅可以看到20世纪二三十年代天津诸多的社会场景，而且还能从中发现许多与作者生活经历相关的人物和事件。从《雷雨》的情节来推断，周朴园开办的煤矿似乎就是开滦或唐山某煤矿，而鲁大海恰是一个具有反抗精神的矿工形象。从剧情上看，周朴园原籍南方，后来到了北方，娶了蘩漪，侍萍在周的原籍为周朴园当女仆，后来嫁给了鲁贵，鲁贵家似乎在济南，周萍与四凤相爱是在周家的那栋洋楼中……这些无不来自曹禺在天津生活时的所见、所历、所闻、所感。

那天他回到"原来的家"，指着挨着他家左侧的另一座小楼，像发现了什么似的说："看，这就是原来的'周万金'的家。她是个妓女，人长得很漂亮，忘记了是哪个阔老爷，花了一万块钱，买来做他的姨太太。这座小楼就是专为她盖的。为什么叫'万金'呢？一万块钱买的，太贵重了，像金子一样。"曹禺说："她平时不大出来，挺神秘的。我们小孩子出于好奇心，都想看看她到底是什么样子。偶尔，夏天她洗了澡出来，在平台上晃一晃，我们才能看到。是长得很美，不俗气，不是大红大绿，像个仙女似的，俊秀中透着文雅。真奇怪啊！她住的这座楼房一点也没有变。"在"周万金"的身影中，也许埋下了蘩漪、陈白露等曹禺戏剧人物的最初的种子。

不光是他的《雷雨》和《日出》都来自天津的生活，哪怕《原野》，一个农村的故事，也和在天津听到用人段妈讲的农村生活和她自己的遭遇分不开。曹禺说，他亲眼看见过当时天津遭灾后农民鬻儿卖女的惨状。这些都使他那颗年轻的充满同情与好奇的心灵痛苦与焦灼，驱使他用自己的笔把感受写出来，喊出来。

"一个人能看清楚哪个是好人，哪个是坏人，哪件事情是是的，哪件事情是非的很不容易。我的感觉，在小的时候就打下了基础，而不是到了大学，到了研究院才打基础，就是说在中小学就打基础。"曹禺感慨地说。

的确，天津是曹禺戏剧事业奠基的地方，是他艺术创作的源泉。

曹禺的写作诀窍

颜廷奎

1954年,中国文学讲习所请来数十位著名作家和诗人,担任第二期学员的授课老师和助教。据邓友梅回忆,曹禺先生讲课非常认真,也非常谦虚,经常征求大家听课后的反应。有一回问到邓友梅,邓说您讲课很精彩,很长知识,听您的课比看您的戏还有意思,可就是写作时用不上,大家更想多学点对写作有用的诀窍。曹禺诙谐地说:"作家写作的窍门没多少,几句话就讲完,你们规定一堂课讲两个小时,只好讲点有趣的废话了。"邓友梅说,您能不能把那几句话告诉我呢?曹禺说:"那好说,其实就一句话,想写什么读什么。想学写剧本,就背上三个剧本,背得滚瓜烂熟,背熟了再写,就跟没读过时不一样了。为什么这样,我也说不清,可一定管用。"

曹禺的这一段话,可以说是他最真切、最实在、最朴素、最直白的写作经验的表达,因为是与邓友梅的私人谈话,所以也就没有理论色彩,这样才更接近真实。那些"有趣的废话"在课堂上都讲了,私下里,若再不把"管用的真话"告诉学员,就太对不起人家的信任了。这"管用的真话"其实就是写作的诀窍。

曹禺的创作起点高,后继力强,一发而不可收。《雷雨》一炮打响,接着就有《日出》《原野》《北京人》《家》等多部经典剧作被搬上舞台,成为中国戏剧史上熠熠闪光的一串明珠。曹禺的艺术创造力为什么如此健劲呢?

曹禺与戏剧结缘自童年始。他的继母薛咏南是个戏迷,他从三岁起就跟着姆妈跑遍了天津的戏院，坐在姆妈怀里津津有味地看戏，回来后，还要姆妈再讲一遍。就这样，大戏迷带出了个小戏迷。曹禺自己讲，家里有一部《戏考》，他读得很熟，一折一折的京戏，读起来很有味道。他的中学是在南开上的。他参加了由张彭春领导的南开新剧团，不但演戏，还读剧本。1929年，张彭春送他一套英文版的《易卜生全集》，他借助字典通读了一遍，原汁原味地体会了易卜生话剧的奥妙。进入清华大学西洋文学系后，他自言并没有认真上过课，而是把全部时间用来读剧本和长篇小说。这期间，他广泛涉猎了希腊悲剧以及莎士比亚、奥尼尔、契诃夫等人的作品。由此我们不难看出，曹禺在写作《雷雨》前，看、演、读的剧本是何等的多，而且古今中外无所不包。所以他才说，写作的诀窍其实就一句话：想写什么读什么。

至于这诀窍为什么管用，曹禺没有回答，只是用"我也说不清楚"一语带过。从曹禺戏剧创作的实践看，他说不清楚的问题，我们却看得十分清楚。他青少年时期对戏剧作家和作品的广泛了解，使他对戏剧(主要是话剧)这一艺术样式的要素构成，即人物、结构、语言、矛盾冲突、情节发展等，已烂熟于心。他可以背出几十出戏剧，可以出演各类人物。如此丰厚的戏剧艺术积累，一旦获得生活的启示、灵感的召唤，便化作笔下的《雷雨》，接着就是《日出》，如同肥沃的田，庄稼一茬茬收获而地力不减。

曹禺的写作诀窍还有一句潜台词他没有说，那就是"想写什么不必专读什么"。据来新夏《悼曹禺》一文，曹禺"读书范围很广。他八岁阅读《红楼梦》后，又相继读了《水浒传》《三国演义》《镜花缘》《聊斋志异》和《老残游记》等古典文学名著，以及《春秋》《左传》《史记》等史学名著和鲁迅、李大钊等人的文学作品。他还涉猎了西方哲学大师柏拉图、叔本华、尼采的哲学著作"。可见，曹禺的写作诀窍，是以丰厚的文学知识、历史知识和哲学知识为依托才管用的。这一点，初学写作者不可忽略。

“天才是不需要方法的”

崔国良

几年前,《今晚报》在“曹禺与天津”征文中刊登了王勇则先生的《〈益世报〉对曹禺的一次专访》一文。文中引用了时为汇文中学学生安正元(即后来的《人民日报》副总编安岗)《戏剧家〈雷雨〉的作者万家宝先生访问记》的部分内容。《访问记》分两天发表,第一天1936年1月30日刊登了三个小标题——他爱打网球也喜欢游泳、女师学生都非常的用功、做布景甚难演戏要忠诚,勇则先生的文章对此做了介绍。隔了一天,2月1日的社会服务栏发表了《访问记续》,勇则先生的文章没有述及。

这个续记虽然只有两部分——天才不需要写剧的方法、“还没有说真正的人话”,但却谈到了曹禺的创作思想。首先,他谈到了创作方法。他说:“古人假若没有一种特殊的聪明,就是方法纯熟也没有好的效果。”他还拿美国欧尼尔作例子,他说:“他习学剧本于巴克。可是以后,他所写的剧本,同巴克的方法及主张完全相反,搬到舞台,照样可以惊动千万观众。从这个例子来看,我们可以知道,天才是不需要方法的,能创造的。反过来说,你若不是一个天才,纵然有好的方法,其结果也难逃‘平平常常’四个字。”后来,曹禺在给万方的信中说:“天才是‘牛劲’,是日以继夜的苦干精神。”他的导师张彭春告诫他,创作作品,必须精益求精。曹禺的《雷雨》就是多年的生活积累,五年的创作,反复修改、反复推敲、反复润色而成的。

针对当时充斥于文坛的洋文句式,戏剧舞台上还是“马格利特”,还存在半文半白,曹禺说:“我们的口语文学尚没有运用到最高的部分,也是不能产生好戏剧的主因,我觉得现在的剧本已经说了‘人话’,不过,还没有说真正的人话。”他还以莎士比亚为例,说:“他的话有时教你意想不到。他最懂女子,在他作品把上至公爵夫人下至女仆全能把他们的心理写得针针见血,他对于人生的感觉最多,我们读了他的东西,可以把人生认识更深刻一些。我们二十来岁的青年读了他的东西有时不大懂,因为我们尚未体验出他那种生活经历。”曹禺以《雷雨》向世人展示了生动而纯熟的口语和对社会深刻细微的剖析,这都是他多年观察社会、认识人、收集活的语言的结晶。后来他告诫女儿万方,我“以为人活着总要有一点比较可以自豪的内在的理想”,“必须一面写作一面多从真实生活中找素材,一句话,一个人物,一点小故事,分门别类地记。”“你要观察,体会身边的一切事物、人物,写出他们,完全无误,写出他们的神态,风趣和生动的语言。”(《父亲的信》,《北京人艺》2000 年第三期)这真是曹禺毕生的感悟。

曹禺和天津万家

万世雄

曹禺的出生地是天津

我是剧作家曹禺的侄子、天津大学退休教师万世雄。前年(2010年)曹禺诞辰一百周年,在天津河北区民主道二十三号曹禺故居开了纪念会。我因患腿疾,且得过脑血栓,行动不便,更考虑到此会是否由市里发函邀请才可参加,故我未去成。

近一两年关于曹禺的文章发表甚多,但稍有不符合史实之处。故就我在天津生活多年的经历以及已故老人主要是我的祖母万薛咏南(曹禺继母)、我的母亲刘志贞的谈话予以澄清。

曾经有个比较大的争论:曹禺出生地是在天津还是湖北潜江?持后一个观点的人比较少。在《曹禺研究》第二辑(中国文史出版社)中,刘清祥同志的一篇文章提到曹禺是"湖北潜江人"。去年农历正月初一晚上,中央电视台播出的文化部春节联欢晚会上,某男演员说:"湖北潜江出生的剧作家曹禺……"这引起我的关注,因当时我正在看天津台的节目,在休息时,我转看中央台,正好看到此处,大概接下去将演《原野》片断,我想按过去的习惯,中央台准会再播,我到时再详看,但似乎没再播出。

我在2006年接待过潜江的一个摄制组。初见面时,他们看了我呈上的户口本,在籍贯中写的是解放初就按祖训填的湖北省潜江县。他们看后皆大笑,还拍了照。这就缩短了老乡初会的距离。我详细介绍了一些万家情况。在中间休息时,我单独向南开大学负责接待他们的崔国良教授讲了一件事:解放初,政府要我家迁移祖坟从市边缘迁至远郊区或进国家公墓。祖母叫我跑了几处,但她难下决心选定新坟。后来祖母于1954年底去世。当时我的脚被扎伤,只好请母亲和叔父曹禺借祖母去世将迁祖坟一并办理。其实办理这种事会令经办人特别是妇女伤感,但最终还是把已下葬多年的五口棺材,及刚去世祖母的新棺一同葬于天津北仓公墓。他们回家后,我记得叔父曹禺还表示满意。祖父万德尊埋葬三十年的旧棺虽稍显陈旧,却完好无损。据叔父曹禺讲,这口棺材是用金丝楠木做的,是制作棺材的极品。当初是祖母做主购买,价钱相当昂贵,但那时家中较富裕。叔父曹禺虽不同意用这等好木料,但母命难违。另外还有一口旧棺是叔父曹禺的生母薛夫人埋在地下已四十余年的旧棺,既显陈旧又略有损坏。还有三口是我父亲万家修和生母以及我哥哥的旧棺,损坏皆严重,这是最令我母亲伤心的,但当着叔父曹禺的面,她也只好忍泪。曹禺生母的旧棺迁出,恰好可以说明曹禺是在天津出生的。在曹禺生下的第三天,薛夫人就去世了。曹禺是农历八月份出生的,天气还比较暖和,而当时还没有空调和动车组出现,想运回南方(湖北潜江)安葬是不可能的,不仅家道不允许,炎热的天气也是更大的限制因素。于是只能将她安葬在天津。

我和崔国良同志谈过之后,我俩决定由我向摄制组的领导、潜江市委宣传部的曹仁圣副部长谈谈上述情况。曹副部长听后,郑重地点了点头说:"曹禺是在天津出生的,而不是出生在潜江。"

在京津发表的一些文章中,有少数人将河北区民主道的曹禺故居误认为是曹禺的出生地。实际上,祖父万德尊于20世纪初,离开家乡湖北省潜江县,去日本学军事,于1909年学成回国,被委以军职,未再回湖北而是到了天津,后被授予陆军中将军衔,一度去河北省宣化任镇守使。祖父万德尊曾做过黎元洪总统的秘书,随着黎的下野,只好由京回津做寓公。他在天津买下旧英租界小白楼的一所房子,而小白楼指的是哪座楼,我也说不清楚,可能早已毁掉。但小白楼在天津非常有名,它泛指一个地区,高楼林立,洋货颇多,目前还在大力修建,被誉为未来的“天津金谷”。而在旧意租界曹禺故居的楼房,只能称是一座“小灰楼”。二者相距较远,中间相隔法租界和海河,祖母去世后,恐怕再无人能找到祖父搬来天津时买的那所房子,也就是曹禺出生的地方了。

曹禺曾劝寡嫂改嫁

曹禺降生后起名万家宝,小名小石,乳名添甲,这是在家乡湖北的老祖母为刚出生的孙子起的名字。不久,万德尊和薛夫人的孪生妹妹薛咏南结婚。继母对待万家宝很好,她见过大世面,人也很聪明,能干,家中凡大事如财务、儿女成婚等皆处理得得心应手、井井有条。

记得祖母病重时,叔父曹禺回津探望,老人因患宫颈癌晚期,经常痛得发出凄厉的惨叫声,听了既令人心悸,也令人心碎,我和母亲都已习惯了,能忍得住,但是叔父曹禺就不同了。我母亲让我陪叔父曹禺到外面缓解一下,我们去了长春道起士林餐厅分店(劝业场对面)吃晚饭。叔父曹禺肿着眼睛对我说:“本来没什么,但却让人临死前受这样大的痛苦,活活把人痛死,这也太残忍了。我只是一个月或几个星期回来一次,在家住一两天,而你母亲却要衣不解带地长期伺候着,太难为她了,我也很对不起你母亲,按理说我是应负主要责任的。其实,用她的一生为万家牺牲也太不值得。她和你父亲只做了两三年夫妻,才二十七岁就守寡。她是咱们万家唯一一个劳动人民出身的人,从来只替别人着想,很少想到她自己。这样的人出来工作,会成为一个很好的干部。在你父亲去世后,我就大胆地劝她改嫁,但她跟我说:‘孩子怎么办?总不能让我把孩子交给老妈子(保姆)吧?还有,你现在(那时是 1937 年)去了南方,姆妈又上了年纪,怎么办?交给谁,你我都能放心?’”

我母亲是天津东郊区人,跟我父亲成婚后,一起给祖母请安时,叫她“姆妈”,且在很短时间就发音正确,“姆”字发鼻音且很短,与南方人说话无任何差别。叔父曹禺沉默了一会儿又说:“总之,当时叫我无言以对,她拒绝了我的劝告。但今天我还不死心,你明白吗?”我听过后,低头想了良久,觉得叔父曹禺最理解应该怎样将幸福还给我母亲。若是在一个封建家庭里，一个小叔子竟敢让寡嫂改嫁，简直不可想象。也只有同样接受了新思潮的我，才会对他完全理解。我说："您的意见我举双手赞成。新中国成立后，母亲读了半年识字班，搞了街道工作，到现在可以不熟练地阅读《红楼梦》，人也较开朗。现在祖母即将仙去，我还有半年就毕业。但母亲已是四十多岁了，虽然容颜不老，但女人改嫁要凭借什么条件？特别是她的兄、姐及众多亲友几乎没一个是愿意她改嫁的，都认为她守寡至今快要'功德圆满'，都是欣赏和赞美的。记得新中国成立前夕上海某剧团因时局不景气，而四处演出赚钱，他们在津演了您写的《北京人》，我看后觉得母亲与愫方的命运何其相似，细想一下，中国有成千上万的妇女与母亲和愫方的命运相同，她们受着'封建铁圈'的桎梏，现在虽然解放了，但人的头脑转变大大落后，仅凭您和我的力量也许很难。我比较弱小，人单势孤，而您有许多大事要办，且相隔两地。要使母亲能够改嫁，首先要扫除的是她自己头脑中的残余封建思想，然后就是周围更强大的环境……"叔父曹禺听了我的话以后，想到各方面的困难，只有沉默。

"东天仙，看大戏"

那天吃饭吃到最后，我和叔父曹禺看见附近几桌客人大都衣着光鲜，说起话来满口生意经。叔父低声道："我最讨厌这些商人，他们对社会没有一点好处，就是拼命想赚钱，一心都在琢磨别人，天津和上海一样，商人太多了。"我听过不只一次叔父曹禺把大小资本家统称为商人。难怪他写出了《日出》中潘月亭的丑恶嘴脸。

祖母去世后一个星期，叔父曹禺还专门到天津来看望我母亲，见她没有累病，身体还较好，才放心回京。他真是一个既善良、办事又周到的人。后来他的好友陆孝曾来家祭奠祖母。祖母在世时，祖父的好友、天津名人周学熙最小的弟弟周九爷与陆孝曾等经常来家替祖母料理房产和财务等方面的事务，数十年如一日。祖母去世后，周九爷来了，一眼看见祖母的照片，当时眼睛就红了，非要给祖母遗像叩头，我和母亲劝阻不成,只好一边一个架着他的胳膊,还未跪倒时,年已七旬的周九爷就已老泪纵横,嘴里喊着“大嫂,我没能很好地照顾你,我恨我自己,更对不起宗石兄对我的临终嘱托呀。”他临走时从怀里掏出一个鼓鼓的信封对我们说:“这钱是我给嫂夫人的奠仪四百元,你们一定要收下。”这笔巨款让我母亲流下感激的泪水。

祖父万德尊在曹禺五六岁时买下如今河北区民主道的曹禺故居。不论是在小白楼还是民主道,祖母薛咏南讲得最多的就是曹禺儿时的故事。曹禺自两三岁就坐在继母的怀里看戏,看完后,还要把床铺当戏台,在上面耍一通,走几圈,嘴里学着不成调地唱两口,慢慢地有了兴趣。曹禺看过许多名角,其中最有名的是谭鑫培,而随着年龄的增长,最喜欢的老生是余叔岩。解放初,叔父曹禺从北京回天津养病。快痊愈时,他说:“东天仙,看大戏。”我听过他大声说的唯一一句天津话就是“东天仙,看大戏”。此戏院在我小时候已改名为天宝戏院,是位于原奥租界的一座戏院。因离家较近,继母薛咏南几乎每周要带他去一两次,她可以说是让曹禺喜欢上戏剧的一个启蒙人。至于张伯苓的弟弟张彭春教授,则是他的启蒙导师,凭借在美国学到的莎士比亚、奥尼尔和易卜生等人的不同流派的戏剧,在南开中学和大学里指导曹禺改编、翻译剧本,以及演出“娜拉”和“财狂”等角色,很受观众欢迎。祖母也曾带我去看过《财狂》。

由于祖父万德尊的升迁,全家短期搬到北京和河北省的宣化。大约在曹禺十岁时才回天津,仍住在旧意租界的曹禺故居。经过南开中学及大学的锻炼,曹禺初显戏剧的天分,最后转学到清华大学,在清华毕业前夕,写出了《雷雨》,用时只几个月,时年二十三岁。但他对这部剧的构思,却是在南开中学读书时就开始了。

位于旧意租界大马路的家

1985 年以前,叔父曹禺曾带着婶婶李玉茹回津找过他的故居,但未找到。1985 年与万方和田本相教授再去找,因房子经过粉刷,很快就找到了。叔父兴奋极了,说:“就是它,就在这里。”我后来想:您为什么不叫我这万家唯一在津久居的人陪您一起去呢?既可免去您和婶婶当初白跑一趟,又可免去这次的费时和费事,而且我还会带您到旧意租界大马路的家,那也是您的家呀!可能您已经忘了。

1933年,我生母在我不满周岁时即去世。不久,我父亲与我的继母刘志贞结婚,同时哥哥也到了上学的年龄,因此他们三人搬到旧意租界四马路。当时祖母比较喜欢我,再者家里只剩下她一个老人,故而将我留在她身边。不久,她将二马路曹禺故居的房子出租,而将家搬到旧意租界大马路(今河北区建国道)。从曹禺故居向西经过梁启超的“饮冰室”的两栋楼房,再向北即到新居。其实两地相距不过二百多米。这楼虽也是万公馆,但只剩半个楼大小。至今,我只看到贾长华主编的《曹禺与天津》一书中有建国道五十九号曹禺故居的照片(见第26页)。

曹禺大学毕业后,不常回家住。有一年,他和我第一个婶母郑秀回家过年(当时还没有结婚)。据我的奶妈(姓王,后来我认她做干妈)讲,她经常和曹禺互开玩笑。那一天很冷,郑秀身穿旗袍,脚穿丝袜和高跟鞋,冻得她抱着大洋铁取暖炉子的烟筒来回转圈,而曹禺一边擦皮鞋一边一脸“坏笑”地拿王奶妈两口子的婚姻取笑。王奶妈说:“你说我们父母包办的亲事,这不好,那也不好,两人都不认识,就成了两口子,后来不过是你打我两下,我骂你一句‘老不死的’。我们连吃饭都挺难的,没那么多工夫吵架。二爷,你是饱汉子不知饿汉子饥。他在家种地,我到你们家奶小少爷。哪像你们俩早就甜哥蜜姐好上了,但愿你们能相好一辈子。”然后佯装生气的样子,又说:“真是气死我了。”说得曹禺和郑秀哈哈大笑,祖母听了也笑了。之后,曹禺向王奶妈深鞠一躬说:“王奶妈您可千万别生气,气个好歹我可受不了。”这些话是解放初期王奶妈对我母亲和我说的。很不幸,被她一语成谶。当听到叔父曹禺与郑秀夫妻二人在法庭上洒泪分离,王奶妈不禁流下伤心的泪水。

我那时还很小,住旧意租界大马路时,我记得叔父曹禺从上海带回送我的积木和玩具机关枪。有一件事印象也很深,那是七七事变之后,日本的坦克(很小的样子)开进天津时,正巧经过大马路,我一个小孩子不懂得什么叫怕,但是当时街上的人几乎都走光了。还记得邻居家比我家要大一倍,而在其大门左右的两面墙上,挂着制药的招牌,是相当大的字牌,一边是“保赤一粒金”,另一边是“濯毒洗血镜”,当时这两种中成药在天津非常有名,现在早已不见了。当然,有些字我是日后才认识的。

这座楼房虽与其他房子相连,也可称为第三个“曹禺故居”,虽然他在家住的时间很短,只有两年左右。到 1936 年,他去南京国立剧专任教,从此离开天津。

家道日渐中落

当时,国家遭难,物价上涨,我家也家道日渐中落。大约在 1938 年,祖母和我搬到意租界三马路的协丰里。虽也是楼房,但只有两间,且带有一个刘姓保姆。有一次,祖母含泪自言自语:“这叫什么世道,万家从那样好的家世,现在只剩下二马路房子(第二座曹禺故居)的租金,有时候还收不上来,这样下去怎么得了? ”1939 年我上学以后,因要得到哥哥的帮助,我便两边住,三、四马路来回跑。因而,天津旧意租界从大马路到二、三、四马路我都住过,但在这巴掌大的地方,其街道在取消租界后改的名称,我连一半也记不住,分不清哪里是民族路,哪里是胜利路和民生路。后来祖母觉得我还小,来回跑不安全,另外,她也想全家住在一起,于是在 1940 年,我们全家离开旧意租界,搬到我后来住了近三十年的法租界大沽路文兴里(今和平区)。

在 1943 年,因家里经济越发紧张,祖母下决心将祖父万德尊遗留的最后的不动产(即意租界二马路的曹禺故居)出卖。在原租赁房屋的“恒源”(后面一字我记得不大清)银号搬走后,新买主还未住进,祖母就请我的舅父代为照管。此时正值暑假,舅父带着我们几个小孩子,一起到空房居住。就这样,我第二次住进这座曹禺故居。同住的除我哥哥外,还有我的两个同学。在进门左侧第一间大房子内,有一个很大的木炕,长约四米,宽近两米。我们住在这样大的楼房里,又有庭院,非常高兴,却完全理解不到长辈卖房子的辛酸。而这时叔父曹禺早已到了四川江安,由于当时通讯极困难,他也完全不了解房子已卖掉。就在那年秋天,哥哥因患伤寒病去世,时年仅十五岁。从此,两代寡妇(祖母薛咏南和母亲)、一个孤儿,老少三代三口人一起居住在法租界文兴里,气氛更显悲凉,实在没有什么意思。

天津临近解放时,物价飞涨,这时叔父曹禺已从美国回到上海,但未回家,也就是从这时起,每月稍寄一点钱回家。但家中主要还是靠祖父的遗产(主要是卖房子)度日。这时家中常卖些稍微值钱的旧东西,如字画和少量古董。有一次两位老人外出,留下一串钥匙。我好奇地打开叔父曹禺读大学时存放的书箱,一共八个,尺寸大概是 800×500×400 毫米,内中装的全是外文书籍,有的书非常讲究,是皮面烫金的,恐怕现在国外也少有这样讲究的印制。另外, 我至今还记得有两大本 The History of Europe(《欧洲历史》),八开本,厚约二寸。至于中文书,则放在四个更大的箱子中,长约有 1 米至 1.2 米,我没有打开过。叔父曹禺后来对我说,他在读南开中学时,就开始构思《雷雨》,在清华写此剧之前,看过的中外文书籍就有一两百本。此外,他是在清华图书馆写成的这部剧,清华图书馆这样藏书浩瀚的地方,应该给他提供了很多的资料。后来有一种说法,叔父曹禺第一部作品《雷雨》的首演,既不在日本东京,也不在国内的天津, 而是在浙江上虞。1934 年上虞的春晖中学演出《雷雨》,高中二三年级学生演得非常认真,令许多观众流下了泪水。该校培养了著名电影导演谢晋等艺术家, 在 20 世纪 30 年代初就享有 "北有南开,南有春晖"的盛誉。此事是由上海戏剧学院的曹树钧教授调查到的。

新中国成立后,政府下令禁烟。在这样的环境中,祖母薛咏南下决心戒烟,凭借她自己坚强的意志,终于用不到两个月的时间,戒掉抽了三十多年的鸦片烟,当然,在此过程中她忍受了相当大的痛苦。这在当时算是一个奇迹,有很多吸鸦片的人,要反复拖个一两年才能戒掉。此后她的身体慢慢好转,家里的经济负担也远没有以前那么大了。

“我原来也是想用《治病救人》这个戏名”

新中国成立初期,叔父曹禺写出了戏剧《明朗的天》剧本,当时我恰好在北京,他让我去看北京人艺演出的话剧。看完后,我心存疑问,就对叔父曹禺说:“为什么戏名叫《明朗的天》而不叫《治病救人》呢?既治好了病人,又治好了医生自己的思想病。”叔父曹禺说:“我原来也是想用《治病救人》这个戏名,后来领导看了剧本以后,过了几天,他对我说,‘还是叫《明朗的天》好些。’”前几年田本相教授来津,我曾在天津大学校园里和他讲了这件事。

在60年代初期,我去京出差,同时看望叔父曹禺和婶母方瑞。当然也要去以前的婶母郑秀的家,因我小时候与她比较熟,再者解放初期,她经常来津看她的二女儿万昭。这次去她家吃饭时,她说:“当年你叔叔在四川江安,有一次他一手拿着原文的莎士比亚的《罗密欧与朱丽叶》,一边在屋里来回走着,一边就译出这部诗剧的台词,身旁有一个学生记录。只用了一个多月,就将这本世界名著翻译成功。”

“文革”初期,我去京探望叔父曹禺。除了问我母亲的近况,他始终呆坐,很少说话,没到半小时,他对我说:“你快走吧,别再来看我,你明白吗?”这时我还不知他被撤掉各种职务,被软禁在家。后来我因北京好友自杀而受牵连,在工宣队、军宣传队进校后,我即受到调查,再加上我爱人在医院工作,故而跟随“六二六医务人员”下放农村。

1969年11月,我们全家被下放广西农村。扫地出门,退掉户口,好一点的东西不许带到农村,像样的家具、我的俄文书籍以及祖父、叔父留下的极少量东西,或便宜变卖或送给亲友。火车快开时,我想万家来津六十年,走得只剩下我们几口人,我们再一走,从此就在天津彻底光了。在农村我教中学。去了一个月,有一天我和九岁的大儿子抬一桶水回家,我边走边想两个孩子将来的前途,就是在这农村干一辈子,听说这里的工分很低,一般每日只有两三毛钱,少数更低的一天只有五分钱,想到这里不觉潸然泪下。母亲在万家苦了快六十年,我不能给她幸福的晚年,反而带她到这无亲无友的地方,造成她更大的痛苦。在桂林附近农村里住了三年,又调我到南宁广西大学内燃机教研室。此后孩子的前途便略有改善,但对母亲来说,她还是一直想着在津的亲人。“四人帮”垮台后,终于在1979年11月我们又回到天津,前后整整离津十年。

因爱人患心脏病,故刚回津那会儿,我对母亲关心得不够。她经常同几个姐姐和祖母的干女儿邹钧一起玩,慢慢地经常去邹家,主要是打麻将,也就是几毛几分的输赢。那一年多她几乎是玩疯了,也不管自己的身体,故那一年多是她一生中最快乐的时期。1981年10月的一天上午,她给我们准备午饭,想然后再去邹家(从天津大学走到邹家,约有七八里路)。当时住的是筒子楼,大家都在楼道做饭,饭还没做好的时候,母亲突然晕倒,恰好被邻居看到了。我接到邻居的电话,赶紧送母亲去医院,母亲因脑大量出血,一直未清醒过来,从发病到去世一共不到二十四小时。她走得很安详,没有丝毫痛苦,更是一点也没有麻烦我们。我后悔的是,她再多磨我们几日多好,省得我们日后想起来总后悔。

后来,我给叔父曹禺去信,他在回信中充满了对我母亲的怀念和感激之情。

再说说“曹禺故居”

提到亲情,又想起前年在曹禺故居纪念他延辰一百周年后,报纸上刊载的我三个堂妹的照片:特别是小妹万欢,只记得两三岁时见过你两次,1996年你回国参加叔父的葬礼时,已是姐妹中最高的人。三妹万方,你是否还记得,我去京看望叔父和方瑞婶母时,一走进铁狮子胡同三号院你家客厅,迎面就看到一张你向西哈努克亲王夫妇献花的照片,旁边站着周总理,这将使人永生难忘。你是四姐妹中唯一得到叔父曹禺真传的人。万昭二妹,你我是最熟悉的,但这次看报上的照片,除了笑容外,走在街上我都不敢相认了。怎么回事,你都长了半头白发。

回想你初到天津中央音乐学院附中时，曾看报载你戴红领巾弹钢琴的照片，那时多么小呀！怎么现在一下子就成老太太了（请原谅我的无理）。其实只看到你变老,而不看自己老,说起来我都快八十岁了,早已满头白发,且有多种疾病,写到此心里未免有些凄楚。

不提了,说一点轻松小事。叔父曹禺曾谈到作为陈白露原型的王又佳,据他说这位王小姐是他的世交,无任何本事,但长得漂亮。著名导演黄佐临也说:“王小姐非常漂亮，在上海和北京我就找不出像她那样的。”王又佳曾留学美国,交往的都是达官显贵,追求花天酒地的生活。我在新中国成立前夕，曾在干姑姑邹钧家里看到过一张四寸的王又佳照片。看后,我是觉得她比一般女人长得漂亮,但要说京沪都找不到像她那样的漂亮姐,我总觉得有点言过其实,不要说与当前较年轻的演员比,就是与王小姐同时代的演员相比,如秦怡、王丹凤和香港的夏梦,起码她们比她毫不逊色。但是这位王又佳小姐留给叔父曹禺的印象是极其深刻的，以至于把她当做评价演陈白露的演员美丽与否的参照。20世纪 80 年代方舒在于本正执导的电影《日出》中饰演的陈白露,就被曹禺认为不够漂亮。

还有一件小事值得一说。1950 年初,叔父曹禺和我在北京见面,他多次问起天津是否还有锅巴菜这种小吃,对故乡这种食品十分怀念。可惜的是,由于当时交通不便,锅巴菜也很难原汁原味地保存,我始终没能满足他吃上一碗锅巴菜的愿望,成了一大憾事。

最后,再说说“曹禺故居”(广义)吧:

1. 曹禺 1910 年出生于天津旧英租界小白楼地区,具体地址已难找到。

2. 曹禺在 1915(或 1916)年,搬到天津旧意租界二马路二十八号(今河北区民主道二十三号),居住时间长,印象最深,此宅被曹禺和世人称为“曹禺故居”。

3. 曹禺在津最后一座故居,在旧意租界大马路(今河北区建国道五十九号)。他在此住了两年多,且经常在工作单位,只有节假日才回家住,故他对此宅印象不深。1934 年,曹禺离津南下,结束了他在天津的生活。

曹禺之父万德尊的官职

王勇则

曹禺之父万德尊(字宗石)民国时期所任官职,其说不一。

1947 年,万枚子在上海《人人周报》创刊号载文《曹禺的家世》称,万德尊"民国曾任陕西镇守使、察哈尔都统,授职陆军中将、将军府将军"。万戒甫在该刊第四期载《出世丧母的曹禺》称,"宗石哥任宣化镇守使时,与阎(即阎锡山)情感甚洽"。

《曹禺访谈录》载,万德尊 1909 年从日本陆军士官学校毕业回国后,"当了个小军阀,先是任直隶卫队的标统","父亲还当过黎元洪的秘书……那时我们家在北京西城,住在什么地方,我还得想一想"。他"曾经被授予陆军中将的军衔,派到宣化任镇守使,相当一个师长"。"大概是 1919 年以前,我父亲把我带到宣化去的"。"说我父亲万德尊是陕西镇守使,这可能就不对了"。

万家修(曹禺之兄)二子万世雄回忆:"我家曾有一面银盾,上面有字,好像是:赠宣化镇守使、陆军中将万德尊。"

回首陈年往事,难免记忆模糊。好在还有历史档案可查。笔者检北洋时期的《政府公报》《时事汇报》等获知,万德尊于 1913 年 11 月 6 日授陆军少将(同日给予四等文虎章)。1914 年 6 月 9 日,江苏都督冯国璋"创办陆军警察学校,委万德尊为校长"。1915 年 2 月 1 日,万德尊"加陆军中将衔",直到 1923 年 4 月 12 日,才被"授为陆军中将"。

《河北省志·军事志》载,1912 年,直隶都督冯国璋将清末巡防队(营)改编为左右两翼及八路巡防队。其中,"第五路巡防统领何立朝、万德尊(后)"。《北洋陆军史料》等载,直隶第五路巡防队,1600余人,驻宣化等处,由蓟榆镇守使兼统。

1917年4月27日《政府公报》载,陆军总长段祺瑞呈大总统黎元洪称,"直隶第五路巡防统领、陆军少将何立朝……前年调驻宣防,缉捕土匪、保卫铁路,尤著勋劳,以致成疾,于本年三月在防身故"。而1917年2月28日《陆军少将名册》等载,万德尊原任"直隶总督府军事顾问官",现任将军府参军(1916年4月8日任)。其继任第五路巡防统领,当在1917年3月后。

张勋复辟后,万德尊率"宣化巡防三营"参与讨逆。1917年6月7日,察哈尔都统田中玉电请直隶督军曹锟、直隶省长朱家宝"转令宣化万司令,遇有缓急,就近节制调遣"。7月6日,阎锡山接曹锟电称,"已饬宣化万统领派兵赴居庸关,堵击逆勋"。7月13日,因晋军远来,"宣化统领德尊"致电阎锡山,"敝路军队附骥奔驰,当饬随时妥为照料"。

宣化镇守使,似为俗称。1917年9月29日,奉大总统指令,"于宣化地方添设口北镇守使一缺,以资控制"。10月,因直隶各路巡防"营数参差",遂被改为四路守备队,"每路设司令一人,即由各镇守使兼充"。同时,划分管区,天津为第一区、冀南为第二区、蓟榆为第三区、宣化为第四区,"由各区镇守使督饬训练"。第四区守备队司令由口北镇守使、陆军中将汪学谦兼任。尚未发现万德尊升任此职(包括察哈尔都统)的原始文献记载。

万德尊确曾任黎元洪秘书。《公府秘书厅、侍从武官处等职员名册(1917年)》载,万德尊为大总统府秘书厅三十名秘书之一(秘书长饶汉祥、副秘书长瞿瀛),住址在王公厂(即北京西城王恭厂)。尚不知此职是其任"宣化统领"之前还是之后。

1919年5月,陆军总长靳云鹏呈大总统徐世昌《为高等军法会审讯明案涉嫌疑军官李鸣凤判决无罪仍留京查看文》称:"本年一月,由部派令陆军中将贾德耀为审判长,陆军中将张联棻、中将衔陆军少将万德尊、陆军少将罗泽暐、齐振林为审判官,会同司法官、军法司司长施尔常,依法组织高等军法会审……拟具判决书。"

万德尊非藩威将军

王勇则

曹禺本人记述和研究曹禺著作中，常提及其父万德尊，并多称之曾任北洋政府将军府藩威将军。如《曹禺自传》载："1922 年黎元洪复任总统，万德尊曾被授予藩威将军称号，并未上任，1923 年黎元洪又被驱逐下台，万德尊从此在政治舞台销声匿迹。"《简明曹禺词典》载："万德尊被授予藩威将军称号，并为将军府将军。"

1922 年 8 月 30 日《政府公报》载："任命万德尊为将军府将军。此令。大总统盖印。国务总理王宠惠、陆军总长张绍曾。"而前一天的《政府公报》载："特任吴新田为藩威将军。"《申报》分别刊发题为《任吴新田为藩威将军》和《任命万德尊为将军府将军》的消息。1923 年 2 月 25 日，北洋政府《各机关及本府文武官员茶会衔名单》中，"将军府将军万德尊"在列。1924 年《中国年鉴(第一回)》"将军府"条目下，分别列有"藩威将军吴新田"和"将军万德尊"。

笔者经缕析史料确认，万德尊仅获任将军府将军，属"不冠字将军"(《民国政制史》称"不戴衔将军")。

一是不冠字将军由大总统任命，冠字将军则由大总统特任。1919 年 11 月 12 日《政府公报》载，管理将军府事务段祺瑞呈文大总统徐世昌，"拟于上将军及冠字将军两等之外，复设不冠字将军，列为三等，月薪自六百元以至八百元。似此增定一阶，既足待又次之才，亦可免溢量之予，其于奖勉戎行、撙节度支，似均不无裨益"。1919 年 11 月 25 日《政府公报》载国务总理靳云鹏《呈大总统核拟任命将军命令程式请示文》称:“拟请嗣后凡任命上将军暨冠字将军,由大总统特任,其不冠字将军,即书‘将军府将军’,由大总统任命。”两呈文均奉指令施行。

二是万德尊 1922 年仍为加陆军中将衔的陆军少将,尚不具备获特任将军府冠字将军的资格。将军府将军初“由大总统于陆海军上将或中将中特任之”(1914 年《将军府编制令》)。吴新田早在 1916 年 3 月已晋升陆军中将。直到 1923 年 4 月 13 日,《政府公报》才刊出《大总统令》“傅民杰、万德尊均授为陆军中将”(大总统黎元洪盖印,国务总理、陆军总长张绍曾副署)。

三是仅吴新田一人被特任藩威将军。1922 年 8 月 29 日《顺天时报》载,曹锟、吴佩孚“为鼓励戎行起见”,于 18 日致电大总统、国务总理,联名保荐吴新田、沈鸿英,“查帮办陕西军务第七师师长吴新田,率师定陕,恢复汉南,扫荡逆氛,厥功甚伟……拟请明令早颁,均授以‘威字将军’名义”。经对 1914 年至 1928 年《政府公报》所载初步统计获知,在全部将军府将军中,累计授冠字将军至少三百四十九人(包括上将军三十人)、不冠字将军(包括加将军衔者)至少二百九十三人。虽然“将军之称号由大总统特定之”,但被重复封授情形也不鲜见(四十次之多)。仅就藩威将军这一冠字将军称号来说,除吴新田外,并未发现还有他人获此特任的命令。

万德尊被误为藩威将军,与人们对 1966 年版《辛亥以后十七年职官年表》、1995 年版《民国职官年表》所载误读有关。两书对不冠字将军,只列姓名和授予时间,对冠字将军,则先列将军称号。在 1922 年将军府将军列表中,两书均将万德尊姓名竖排在藩威将军吴新田姓名之下。万德尊姓名之前虽无“藩威将军”四字,但却被误解为简化或省略了。

《曹禺传》载:“德尊每月都有二百两银子的薪俸。他从小过惯了穷日子,不是那种肆意挥霍的人,把月薪都储蓄起来。他每月另有二十两银子的车马费,只此一项就足够全家开销了。”跻身将军府将军后,万德尊月薪至少六百元(银元),成为“高级闲散军人”。

《曹禺访谈录》载,“我们家是个没落的官僚家庭,相当阔绰”,“家里人不少,厨子一个、帮厨的一个、拉洋车的一个,还有一个用人、一个保姆”。万德尊“安富尊荣,清闲自在”之际,正值曹禺就读南开中学。全家在津生活堪称优越。

万德尊赴鲁防疫获勋

王勇则

1919 年至 1920 年，曹禺之父万德尊任山东省长公署警务主任秘书，因在防疫中出力甚大，获二等宝光嘉禾章。这在曹禺回忆和涉及曹禺生平著述中均未提及。

1919 年 7 月 27 日，国务院顾问屈映光特任署理山东省长，后咨请设立山东全省警务处。万德尊追随其赴鲁任职，可对二人过从甚密一说提供佐证。曹禺幼时曾居屈映光家中陪其子读私塾，对曹禺成长有影响。

1919 年夏秋之交，“奉天、上海、天津等处同时发生虎剌拉疫症，四面交侵，来势壮盛”，“东省亦被传播”。“虎剌拉”、“虎烈拉”时为霍乱(cholera)的中译。这一烈性肠道传染病时称“虎疫”。

北洋政府指令屈映光“督饬所属，妥筹防弭，以重民生”。屈映光“深虑滋蔓、迅速波及辖境”，不敢稍疏防范，遂“妥筹防疫办法，设所派员，分投治事、赶速办理”，并于 9 月 13 日向大总统徐世昌呈报《鲁省筹办防疫情形文》。

一是“夤夜部署。于商埠以次设立第一、第二、第三隔离所，饬警厅拨组消毒、稽查各队，厉行清洁、实施检查、取缔饮食、施送方药。凡人力可及之事，无不同时并举，仍随时会商军警、督饬员司，昼夜进行，不稍懈怠”。

二是“通令所属道县，一体仿照省会成式，相酌疫势，预为设备。陆续呈报局、所成立者，凡八十余县”。

三是“由本署派员驰赴沿海各埠及津浦、胶济各路，分头调查，报告用资备豫”。

此举成效颇显。后据山东防疫总所总办张仁涛、会办金荣桂呈称：“该所于八月间奉令开办，正东省疫症发见之际。各员司及东、西医士，分任职责，竭力施治。其最重时期，赴所投治者，日达百余名，查留隔离所者，日亦数十名，尽力疗治，全活甚众。其有疫区域，如历城、峄县、齐河、菏泽、利津、潍县等最为剧烈之处，并即分派医员携药赴治，亦属拯活不少。时逾两月，疫情渐次消灭，邻境不致蔓延……调查人员分途报告沿境市埠情状，所在疫氛，均已寝息。”全省幸获治愈者，“通计总在一万数千人以上”。

1920 年 4 月 2 日《政府公报》载《山东省长屈映光呈大总统为鲁省防疫事竣请将在事出力人员择尤分别奖励文(附单)》称，“在事人员奔走诊医、分筹赶办，不无微劳……或竭虑殚精、研求方药，或不辞劳瘁、昕夕防维，或调查陬澨、冒暑奔驰，或布置经营、漏夜从事，皆以救焚拯溺之心理，兼冒危蹈险之精神，用能不顾死生，消兹毒疠，挽无形之浩劫。较其成绩，自非寻常出力可比”。

屈映光呈请，对“尤为出力人员，自应遵照《防疫条例》，比照各省及本省上届防疫成案，择尤分别请奖，以示鼓励，而昭激励”。经“分等开单”，“咨呈国务院，并将各员履历咨送内务部查核，暨咨外交部”。拟对“成绩较次各员，酌请部奖，暨给外奖”；拟以简任官、荐任官升职任用者六人；拟授三等文虎章、嘉禾章以上者四人，其中“省长公署警务主任秘书、陆军少将万德尊，该员曾受二等大绶嘉禾章、三等文虎章，拟请晋给二等文虎章”。

1920 年 7 月 30 日《大总统指令(第 1874 号)》载，“令国务总理萨镇冰，呈核内务部请奖山东防疫出力人员万德尊等开单呈鉴由，呈悉。万德尊等已有令明发”。1920 年 7 月 31 日《政府公报》载，“大总统令，万德尊给予二等宝光嘉禾章”。

1912 年《勋章令》载，嘉禾章授予“有勋劳于国家或有功绩于学问和事业者”,分九等。1916 年《修正勋章令》载,宝光嘉禾章分五等六种。万德尊获改授的二等宝光嘉禾章形制为红色、蓝缘、无绶。

《曹禺访谈录》载:“我记得在北京是住在屈映光家里,请了一位先生,教学很好,是为屈映光的儿子请的老师,就教我和他儿子两个人。这位先生是一个拔贡。父亲说,请这样一个老师教你不容易,你不要辜负了人家……这位拔贡很夸奖我,说我爱读书。我确实是爱看书,爱看小说,还爱看其他一些闲书……我还记得屈映光的家在太平湖饭店,盔甲厂附近。”

1920 年 6 月 24 日,屈映光离鲁调京,后任大总统府顾问。万德尊与之共进退。曹禺随父居京,当在此际至就读天津南开中学之前。

万德尊的一封信札

王勇则

2011年在北京拍卖过一封署名万德尊的信札(仅存一页)。笔者判断,此信出自曹禺之父万德尊(字宗石)之手,写于袁世凯复辟帝制期间的1915年12月12日。

此信使用由上海艺学社监制的笺纸。信中写道,"……陈。帅座与中央各部衙门一致进行,是为至便。大典筹备业经大致就绪,惟登极确期虽尚未明定,闻要人云:将在旧历明年正月初四。因主上命宫喜行丙火运赶到,明正月初四正为丙辰月丙辰日也。特密以告,即盼转呈帅座,是所至祷。专此,敬请台安。惟照不尽。帅座前乞代叩安。小弟万德尊再拜。十二月十二日。"

信中所称"大典筹备",指1915年袁世凯复辟帝制筹备事宜。"登极"指帝王即位,"主上"是臣子对君主的称谓,均特指袁世凯称帝而言。

时任大总统的袁世凯帝制自为。1915年8月成立的筹安会为其复辟积极造势,大肆鼓噪。11月17日,内务部发起组织大典筹备处,12月1日举行筹备处开幕礼。12月11日,袁世凯佯辞帝位,但转天就欣然接受。筹备处通电各地军政当局称,"登极虽未定期,而国体已定,谕旨已颁"。

在这一倒行逆施背景下,万德尊也参与拥袁劝进。袁世凯闹帝制时,充斥迷信色彩。"旧历明年正月初四"即1916年2月6日。此说当时甚嚣尘上。如蔡东藩著《民国演义》载,袁世凯拟于丙辰年正月初一(1916年2月3日)或"阴历正月初四日,实行登极。阴历正月初三日立春，当时有大地回春、万象更新之义，故诹吉于初四”。

因各地反袁讨袁日盛、护国运动爆发，登极大典一再推迟。1916年2月25日，袁世凯被迫下令延缓登极。3月22日，袁世凯申令撤销帝制，次日宣布“‘洪宪年号’应即废止，仍以本年为中华民国五年”。袁世凯称帝闹剧戛然而止。

依附袁世凯并与副总统黎元洪（湖北黄陂人）攀上老乡，确使万德尊受到重视。《曹禺访谈录》载，“我父亲……虽不是高官，但毕竟跻身于官僚行列之中了。袁世凯窃得大总统职位后，他没有随之丢官，反而还发迹起来。”

万德尊于1913年11月6日被授为陆军少将并给予四等文虎章（《政府公报》第543号）。浙江陆军讲武堂堂长童保暄（1910年毕业于陆军部陆军警察学堂）在日记中称，1914年2月27日上午，赴大总统府觐见袁世凯后，至总统府军事处少坐。“傍午，万宗石顾问招饮于醉琼林。”军事处初任处长李书城是湖北潜江人，且军事处参议中不乏与万德尊同为留日同学者。万德尊有可能在军事处任职。1914年5月12日，军事处被裁撤，“于大总统府设统率办事处”。

《冯国璋年谱》载，1914年6月9日，江苏都督冯国璋委万德尊为陆军警察（宪兵）学校校长。《大树堂来鸿集》载，冯耿光1915年初致电“帅座”冯国璋称，“昨偕宗石往晤润田（即外交部次长曹汝霖），询中日交涉情形（即取消山东交战区域及撤退日军之事）”。冯耿光提及的“宗石”，很可能就是万德尊（二人为留日同学）。

据1915年2月1日《大总统令》，万德尊“加陆军中将衔”。1915年10月13日《政府公报》载《谨将中央军事各机关主张君主立宪衔名缮折恭呈钧览》中，“陆军少将万德尊”赫然在列，表明万德尊时在北京任职。

袁世凯复辟期间，万德尊行踪可觅。陈赣一著《新语林》载，“帝制议兴，群将靡不劝进，独上海镇守使郑予进（即郑汝成）未置可否”。袁世凯忧之，遂“遣陆军中将万宗石假南下犒师名，讽示于郑”，但郑汝成却不吃这一套,当面予以驳斥。

1915 年 12 月 21 日,袁世凯特封“最为忠顺”的浙江将军朱瑞为一等侯爵。其太夫人六十寿辰时,“特派鄂人万德尊为钦命大使,颁赐‘福寿’字两个、诰封一通。首押皇帝之宝,寿诏一轴。德尊莅杭,朱瑞跪接于车站……德尊高乘紫舆,朱瑞后随。全城文武齐集拱待,礼骑清尘,军乐叠奏,旌旗飞动,直趋爵府……杭人谓,自乾隆皇帝南巡后,未有如此次礼仪隆重尊树威严者。”读诏中立,好不威风,万德尊自云“天使之言”(据刘成禺《洪宪纪事诗本事簿注》)。1916 年 8 月,朱瑞故于天津时,万德尊送挽幛“鸿猷未竟”(载《朱兴武将军哀挽录》)。

那么,此信是万德尊写给谁的呢?万德尊盼其转呈的“帅座”又是谁呢? 时任副总统兼参谋本部总长黎元洪、陆军总长王士珍等军界首脑,均有被尊称为“帅座”的资格。

万德尊的诗文创作

雍 黩

诗赋文词是曹禺之父万德尊一生的雅好。《曹禺访谈录》载:“我父亲有一本名为《杂货铺》的集子,有十几本……收集了他的诗、挽联、对联,他的诗词写得很好……我大学毕业时已经知道它的价值了,再找,也还是没有找到……我父亲赋闲在家的时候,常给人家作寿文,写那种骈体文。”

家庭的熏染,对激发曹禺创作灵感是潜移默化的,但万德尊诗文创作脉络,迄今尚未明晰。

1906 年创刊于南京的《南洋兵事杂志》中,常见署名万德尊的诗文,间或注明“留德学生万德尊来稿”、“留学日本、湖北潜江万德尊来稿”等。已知其 1904 年入日本振武学校,1907 年 12 月入日本陆军士官学校第六期步科。其同学李根源著《雪生年录》载,该期毕业生一百九十八名,1908 年 12 月 23 日毕业典礼。

至 1910 年 4 月,万德尊在该杂志共十五期中载文达四十篇,既有军事理论、军事动态评论、战史、军事名人传记、德文日文军事文章译文,也有逾六十首军事题材诗词(《中国近代期刊篇目汇录》第二卷)。《再重九生日感怀》四首诗曰:“等闲犹是旧书生,负却韶华未请缨。侠骨豪肠空自许,铜琶铁板赖谁评。眼前世态如云卷,梦里诗心伴月明。多少闲愁何处诉,梧风焦雨尽含情。”(贺亮《万德尊诗词辑佚》)从中可领略其旧体诗的含蕴和意境。曹禺称“我父亲是五十六岁死的”。“重九生日”一语,似表明其生辰为同治十二年九月九日(1873 年 10 月 29 日)。而

《中国之武士道》四首应受梁启超影响。梁启超 1904 年著《中国之武士道》,“欲使全国尚武精神,养之于预,而得普及也”,颇有“唤醒国民爱国心”之功效。

万德尊对军歌感兴趣,先撰《论军队军歌之必要》,后赋《军歌》一首。1909 年第三期《南洋兵事杂志》载《十年后中国之感者(续)》,署“钟食”。其字宗石,“钟食”似为其笔名。

1907 年《云南》杂志(滇籍同盟会会员李根源等 1906 年创刊于日本东京)第九、第十号,还载其诗词《壮士行》《从军》《满江红·从军》《中秋月》等,但未发现其参加同盟会的文献记载。

负笈军训余兴,创作欲旺盛,表明其朝乾夕惕、孜孜不倦,且有因物起兴、即景而作的为文天赋。

万德尊毕业后先任见习士官,1909 年回国效力。《光绪宣统两朝上谕档》第三十五册载,宣统元年十月十一日(1909 年 11 月 23 日),内阁奉上谕公布“验放陆军部游学毕业生考列”名单。其中:考列优等者三十五名,分别著赏给陆军步兵科、工兵科、马兵(骑兵)科、炮兵科举人,均并授副军校(相当于中尉);考列上等者一百七十一名,分别著赏给陆军步兵科、炮兵科、工兵科、马兵科、辎重兵科举人,授协军校(相当于少尉);考列中等者十一名,虽分别著赏给举人,但以“协军校记名补用”。

万德尊考列上等,为八十六名陆军步兵科举人第一名,以“次等第三级”军官身份跻身军界。但《大清宣统政纪·卷二十三》中却漏抄为“万德等八十六名著赏给陆军步兵科举人”。

同日,内阁奉上谕将直隶总督端方革职。常见著述称万德尊被端方任命为直隶卫队标统(相当于团长)。万德尊此时是否升任标统?颇值得探究。

1910 年 7 月,北洋陆军教练处在天津主办《北洋兵事杂志》。其创刊号载万德尊《杂俎》八篇(均为军事小知识)和诗《从军行》《参谋旅行途次感怀》,第二期又刊其诗《拟王摩诘老将行》,而第三期所刊《中国今日舍军事外即不能生存论》,有鲜明的军事救国思想。

万德尊从军闲暇沉迷遣词造句、迸发创作激情之际,曹禺于1910年9月24日在津诞生。万德尊的文字敏感性、事物洞察力和丰富想象力,或许是曹禺早年文思泉涌的渊源之一。

《雷雨》:教科书与试金石

周建荣

《雷雨》是中国剧坛的经典,是培养演员最严苛的教科书,更是检验演员功力的试金石。作为话剧演员,能在剧中扮演一个角色,哪怕一个群众角色,也是极大的幸福,作为青年演员更是梦寐以求。

2000年,天津人民艺术剧院组织中青年演员表演技能考核,我和我的同学王世文斗胆选择了《雷雨》的片段"鲁妈和周朴园相认"。

《雷雨》在20世纪五十年代就是我院演出的重点剧目,是奠定我院艺术建设及人才培养的基石。据老同志讲,一个剧院是否有实力,就看是否能上演曹禺先生的《雷雨》。因为剧里的人物性格各异,生、旦、净、末、丑形象丰富、深刻,一般戏剧团体很难驾驭。是啊,经过几代人的传承,我们剧院能在全国被称为八大剧院之一,确实是那些老艺术家的功绩。如今有艺术造诣的演员,也因演出曹禺先生的经典作品脱颖而出。

我曾在光盘里看过北京人艺朱琳老师演的"鲁妈",朱琳老师那圆润响亮的声音、清晰动感的语言深深打动了我。曹禺先生《雷雨》里的台词确实是戏剧演员学习舞台语言的一本很好的教科书。能够在考核的平台上,去感受曹禺先生的经典作品,对于从事表演的演员来说是最大的幸运,但同时压力也很大。仅仅模仿老艺术家的形体动作、调度及一般台词的行动语调、节奏快慢是远远不够的,必须自己悟出人物的内心世界,并将其化在自己的身上,再用必须具备的基本功技巧去完成这一形象的塑造。所以考核是我们学习历练的机会,更是一次考验。

我们想求教方沉导演,老人家是我院最早排演曹禺先生《雷雨》的导演,他研究了一辈子曹禺先生的作品。可是,没有什么突出成绩的青年演员,排一个片段是否就能把大师请出山?我和世文都忐忑不安。没想到,方导演欣然接受了。当时我们那个高兴啊!

在排练中,我们深深感受到老人家培养演员的认真和对剧院建设的厚望。方导演给我们讲了《雷雨》里的人物性格、思想和情感的脉络,特别强调我们不要简单地处理鲁妈和周朴园之间的“爱与恨”。因为出身、地位、文化教养的不同,再加上封建制度及封建家庭的束缚,使两位年轻人纯洁的爱情遭到伤害,以致带来一生的不幸。但艺术不能是粗线条骨架式,更不能概念化,要“细”,“戏”中“细”,才能刻画出有血有肉的艺术形象。他老人家从如何分析剧本、如何解析人物,到如何准确体现角色,娓娓道来,给我们上了一堂实践表演课。此情此景,历历在目,受益匪浅。

我和世文顺利完成了表演技能考核任务,并赢得了评委的好评。更让我想不到的是,剧院 2002 年第六次排演《雷雨》竟然安排我演鲁妈(和我的同学徐淑珍共同演绎这个角色),王世文扮演鲁贵。真是梦想成真,那种敬畏、紧张、渴望,至今难忘!

十几年前方导演谢世了,我们怀念他啊!放心吧,老人家,我们这一代演员已经接上班了,我们会把曹禺先生的作品一直传承下去,为您及老一辈艺术家的梦想去努力。

我与蘩漪

颜美怡

天津人艺1959年排演《雷雨》，分配我演蘩漪，她和我演过的《家》的瑞珏、《钗头凤》的唐蕙仙，是完全不同的类型。剧本对蘩漪的描述是：她的脸色苍白，面部轮廓很美，眉目间看出来她是忧郁的，郁积的火在燃烧着她。她是受过一些新教育的旧式女人，有她的文弱，也有一股不可抑制的"蛮劲"，爱起人来像一团火那样热烈，恨起来也会像一团火把人烧毁。然而她的外形是沉静的。这是曹禺对蘩漪扮演者的提示。面对这样复杂矛盾的性格，我有些茫然，但她又很生动诱人，吸引我去认识她靠近她。

蘩漪在家庭里忍受摧残折磨，周萍的出现，像是一道鲜亮的光辉闪入她的灵魂。她向往自由渴望爱情，把自己全部希望交付给周萍，可是周萍背叛了她，她决不甘心再回到那无底的深渊，紧紧抓住周萍不放，想重新拾起那堆破碎的梦，那是她唯一的出路。不幸的是，她抓到的是一棵弱不禁风的草，最终仍不能逃脱悲惨的命运。蘩漪是那个时代被侮辱被损害的女性，我逐渐懂得她的忧郁、她眼光中流露出的痛苦和哀怨，也感受到她那团燃烧的火了。

公演是最快乐的时光。每一天从我进入化妆间的那一刻，便沉浸在蘩漪的生活中，当穿上那件黑色镶边的旗袍，我会伫立在穿衣镜前审视自己：我是蘩漪吗？我进入她的状态了吗？从楼上下来走进客厅，看到那阴暗紧闭的窗、那些旧家具，我仿佛闻到一股发霉的味道，感到周朴园的阴影向我袭来，我获得角色的自我感觉了，立即找到周萍……全剧结尾，一切都毁灭了，我站在舞台中间，不知是哭还是笑，我好像真的有些“疯”了。大幕落下，剧场一片寂静，突然，爆发热烈掌声。对蘩漪的塑造，使我的创作空间拓宽了，表演也有了新的突破，当然，人物形象还不够完整，要在演出中不断修正充实。

1998年剧院组织经典剧目片断演出，我和蘩漪再一次拥抱，表演《雷雨》第二幕蘩漪阻止周萍出走的片断。我十分感激方沉导演，当年选择我和左杰（我的先生）扮演蘩漪和周萍。我们朝夕相处，随时随地切磋交流，虽然距第一次演出时隔很多年，但我们激情仍在，信念犹存，保留了对人物鲜活的记忆和对剧本的更新理解。这个片断也成为我们的保留节目。

在一次演出前，左杰对熟悉我们的观众说：我二十多岁演周萍，现在老了，演周朴园都超龄了，你们想保留原有的印象，就闭着眼睛听吧。虽然是一句调侃，但每年表演，我们都心怀对戏剧大师曹禺的尊重，虔诚认真一丝不苟地全情投入。我们两人的母校耀华中学八十周年庆典时，我们应邀在艺术论坛表演了这个片断，事后一位老校友对我们说：我本来是抱着猎奇的心理来看你们这一对伉俪是怎么演绎这对“母子”的，结果被你们精彩的表演打动，忘了你们真实的关系了。我说这主要是曹禺剧本的魅力。在美国的中文学校，我们介绍中国话剧的同时，配合演出《雷雨》片断，一位年近八旬的老华侨看后万分激动，告诉我们他曾在北京看过中旅剧团的演出，几十年后能够在异国他乡再次看到熟悉的剧中人，很亲切，引起他许多年轻时代的回忆，更激起他的思乡之情，他决定在有生之年要儿女多陪他回到祖国故土看一看……

与《雷雨》结缘，和蘩漪相伴，我很幸运。几十年来，她一直牵动着我的心，有过煎熬，有过陶醉，给我收获，促我成长，对我的艺术生涯有很深的影响。

思　念

老　朋

我性格外向,从小就喜欢表演,没事的时候,不是唱就是跳的。大概是喜欢表演的缘故吧,也特别喜欢话剧,1964年,我考进我们当地的文工团。

文工团的生活是丰富多彩的,由于我非常努力,很快成为团里的主力演员。当时,团里并没有多少剧可演,就一直在学习表演。第一次接触到话剧《雷雨》,是我们团长送给我的一张票,他说这是曹禺的力作《雷雨》,内容精彩,台词也好,这次来演出的是国内一流的演员,表演很到位,机会难得,票不多,你看了以后千万要努力呀。

当时,这个话剧的演出在我们地区非常轰动,所以票是很难买到的。我们文工团是一只专业队伍,上面照顾我们几张票。后来才听说,团里一共弄了不到十张票,领导对我期望值很高,所以,给我一张。

走进剧场,我们团的女演员周爽和我挨着座,大概头一次看话剧,又是轰动一时的作品,大家心里不免紧张,我手心里早出满了汗,偷眼看周爽,她正朝我这边张望。

终于盼到话剧开始,我跟周爽很快被这部话剧感染了。剧中人物并不多,周朴园、蘩漪、鲁侍萍、周冲、周萍、鲁大海、鲁四凤、鲁贵,关系如此复杂的一群人,命运偏偏让他们同在一个屋檐下生活着。更加离奇的是,周萍原与后母有染,跟周冲同时爱上四凤后,想摆脱后母的纠缠,可后母蘩漪却暗中请来了鲁侍萍,当鲁侍萍见到三十年前的旧情人周朴园时,她简直要疯了:周萍跟女儿四凤相恋并怀孕,周冲也爱着四凤,一场闹剧展开了……该剧故事剧情复杂曲折，跌宕起伏，很打动人，整个一部剧，自鲁妈出场，大家的泪水就跟雨打芭蕉一样，剧尾，当四凤接受不了严酷的现实时，触电后，周冲急救她也触电而亡，周萍自尽……我们再也无法控制自己的感情，整个剧场一片哭泣之声。以至于《雷雨》演完了，大家还沉浸在伤感之中，不能自拔。

我跟周爽流泪许久，才走出剧院，她漂亮的眼睛哭红了，我劝她的时候却忍不住自己流泪了。她递给我一块小手绢，我擦着泪水，只能感叹，曹禺的剧本太感染人了。也就是那时起，我牢牢地记住了《雷雨》。

时隔不久，团长找到我，说为迎接建国十五周年，团里要排练话剧《雷雨》，想让我演周冲，周爽演四凤。当听到这个消息后，我很激动，我太喜欢《雷雨》这部剧了。

那一阵子，我认真拜读了《雷雨》，背台词，充分体味、理解剧中人物的内心世界。很快，这些人物就好像在我身边了，有血有肉地站在面前，我背台词，就像跟他们在一块聊天一样。我觉得自己就是周冲了。

为了演好《雷雨》，团里专门组织讨论，充分发表对人物的看法，让演员们揣摩《雷雨》中的人物命运。在发表对人物的看法时，我讲着讲着，已是泪流满面。

我和周爽搭档的戏份很重，我俩表演得非常投入，在表演上，我们是同事，在生活中，我是兄长，渐渐地，我们的感情也像我们演的戏一样突飞猛进地发展着，最终成为一对恋人。我和周爽的恋人关系使我们之间的配合表演更加自然、流畅、感人，戏演得也十分到位，经过半年多的酝酿，《雷雨》要彩排了。团里请来了不少领导，彩排那天，我们来到市里最大的一家剧院，平时都是来看戏，这次是来演戏，心情非常激动。我跟周爽下定决心，要一炮打响。

那天的戏进行得非常顺利，我跟周爽配合默契，其他演员也表演得很到位。演出结束，得到领导们的表扬。团里决定，发海报，准备正式演出。

演出那天，省市不少领导到场剪彩，演出前，我跟周爽都非常紧张，紧张之中还有种跃跃欲试的感觉，感情十分复杂。演出开始了，台下静悄悄的，不知怎么了，我感觉那种静十分怕人。我跟周爽上场了，我们的表演很自然和谐，戏越是往后，我们表演也越优秀。戏到浓处，观众被我们的表演感染了，台下一片抽泣声。

戏到大结局，我跟周爽都沉浸到戏的悲痛中了，只要一下台，我们两人都会泪流满面，上台后，还要保持演员的沉静。有一次，周爽告诉我，这种悲痛的戏，再演下去，她眼看要支撑不住了，我紧握住她的手，冰凉冰凉的，我觉得周爽入戏后不能自拔了。我鼓励她，要坚持住，我们就要成功了。

然而，四凤触电时，周爽也倒下了，心脏病突发。她立即被送往医院抢救。为了救场，周爽被 B 角替代，我跟 B 角搭档一直把戏演完了。在掌声中，我想起了周爽，不等卸妆，就赶到了医院，守在抢救室外，可是，一个小时以后，医生宣布，周爽的心脏停止了跳动，永远离我们而去……

大概由于过于悲痛，我请辞扮演周萍，后来团里又选了几个演员，可《雷雨》没演几场，便接到上级的命令，停止演出。

不久“文革”爆发，人们闹文攻武卫，团里放了长假。有好长一段时间，我一直沉浸在对周爽的思念之中，只要一闭上眼睛，周爽那音容笑貌，像在话剧舞台上一样，于我脑际回荡。我想，大概因为《雷雨》的原因，我会对周爽思念一生，而由于我对周爽的感情，也会对《雷雨》钟情一生。

我和《雷雨》的因缘

朱大平

我最早接触《雷雨》，是刚刚打倒"四人帮"的1976年。那时我刚刚上高中，十四岁，非常喜爱文学，想尽一切办法阅读能够借到的文学书。我的老师易伯衡是县城的名师，他见我小小年纪就拿着《雷雨》在读，感觉有点滑稽。有一天课间休息时，他把我喊进办公室，悄悄问我："看你在读《雷雨》，读出点名堂来了没有？"我非常坦率地告诉他："根本没有看出什么名堂，乱搞。"这是我对《雷雨》这部经典作品的最初认识。对蘩漪和周萍之间的那种不伦关系，我的直感就是乱搞。现在想来，对一部划时代的巨著，要真正认识到其价值，需要人生的积累、情感的积累、知识的积累。

高中毕业后，我没有考上大学，在家待业一年多。1981年，我参加工作，到了县城乡下的一个粮站。工作了两年多，1983年考入中央戏剧学院戏剧文学系，对《雷雨》这部经典作品，开始有了真正的认识。给我们讲授《雷雨》这部作品的教授，我记得有三位：谭霈生老师、田本相老师和晏学老师。他们都是研究曹禺的专家，学术造诣相当深。不过，我对晏学老师的一个观点至今都不大赞同。晏学老师讲课时说："周朴园虚伪到连自己姓甚名谁都不清楚了。"多次阅读《雷雨》，我从来没有觉得周朴园是个虚伪的人。倘若周朴园是个虚伪的人，他根本就没有必要一直保持第一个恋人侍萍的房间原样三十年，甚至到剧本最后，他还责骂儿子周萍说："混账！萍儿，不许胡说。她没有什么好身世，也是你的母亲。"周朴园对侍萍这个为他生下两个儿子的初恋情人，是很有感情的。

我到中央戏剧学院学习的第一年，和曹禺先生远远地见过一面。记得好像是学校导演系的毕业生在实验剧场演出《雷雨》，曹禺先生来观看了。演出结束后，先生拄着文明棍缓步走上舞台，和演出人员一起合影。和先生一起走上舞台的，还有唐弢先生。这是我第一次见曹禺先生，虽然什么话也没有说，但心里还是感到非常激动，因为离文学大师只有这么一点点距离。

第二年，田本相老师给我们讲授中国现代文学史，其中讲到《雷雨》。没有想到的是，本相师竟然把曹禺先生亲自请到了课堂。曹禺先生早先担任过中央戏剧学院的副院长，他给我们讲授时，还是中央戏剧学院的名誉院长。先生潜意识里可能觉得，给二十多个戏剧学院的学生讲授作品，是理所应当的。他给我们上课时非常认真，我们静静地听着，一言不发。整个课堂里只有曹禺先生的声音，声音并不大，也不快，和先生的儒雅是一个风格。我已经记不起来先生讲了些什么，只是大致记得除了讲《雷雨》，还讲了一下《日出》和《北京人》。可能只顾着看先生，反倒没有记住先生讲授的具体内容。下课后，本相师看曹禺先生有些劳累，就没有让大家提问。在大家热烈的掌声中，曹禺先生和我们告了别。他轻轻地挥着手，我们一直看着本相师搀扶着他，步态和缓地走出了教室。当时，其实我很想向先生提出周朴园究竟是不是虚伪的问题，还想问问先生，愫方在曾思懿那样的挤对、排斥和嘲讽下，为什么不离开曾公馆这个活地狱？但因为本相师有言在先，我们也就不好再劳烦先生了。

虽然没有近距离请教过先生，但先生的几部经典作品，早已刻印在我的心中。

三演《雷雨》

阿 庚

我知道曹禺先生的名字，是从《雷雨》这出话剧开始的。20 世纪 40 年代初，由著名戏剧家唐槐秋、唐若青父女领衔的中国旅行剧团，先后六次到天津演出，我多次观看过他们的《雷雨》。

1946 年，在中共地下党的安排下，我从天津秘密到解放区，参加了冀中群众剧社，当了演员。进城后，剧社改为河北省文工团、话剧团。那时，我一直盼望着能在曹禺剧作中扮演一个角色。

1956 年，机会来了，河北省话剧院决定排演《雷雨》，并派我赴京拜访曹禺。在一个赤日炎炎的中午，我由当时的河北省会保定来到北京，先观摩了两场《雷雨》，又到北京人艺索取了《雷雨》的有关资料，然后拜会了曹禺院长。曹禺听说河北省话剧院排演《雷雨》，很高兴，当即同我讲述了这出戏的时代背景和主要人物的性格特征，特别介绍了周、鲁两家错综复杂的关系和情感纠葛，以及中国特定社会环境中的封建统治力量。当曹禺院长得知我是天津人时，显得格外亲切，并告诉我二十多年前他曾在保定一所中学教过英文，对这座古城怀有深厚感情，如果可能到时候会旧地重游，到保定看看河北的《雷雨》。然而，我返保后，"反右"的云雾已初步形成，《雷雨》未能排成，直到六年之后的 1962 年才开始排练。

曾有人怀疑，河北省话剧院擅演农村戏，能把《雷雨》演好吗？不错，剧院是以农村戏出名，《红旗谱》《战洪图》等戏都享誉全国。然而对反映城市生活的戏，剧院也不生疏。进城后，剧团成员逐步发生了变化，充实

曹禺(二排左一)同河北省话剧院演员们在一起(流耕 摄)

了许多戏剧高等学府的高材生，广泛接触了工商界、学界，有了生活积累。此外，为了排好《雷雨》，剧院选派了熟悉城市生活、艺术造诣深厚的演员阵容，又请来中央戏剧学院何之安教授做艺术指导。之后在保定、唐山、天津等地演出，场场爆满，均获好评。

三十多年之后，1999 年剧院在石家庄又以崭新阵容复排了《雷雨》。此次排演，导演张小春突出了诗化现实主义的特点，在舞台样式和人物关系方面都有创新。演出巧妙地将舞台和观众席予以颠倒，利用剧场四个出口（包括两个太平门）作为周公馆客厅通往大门、书房、卧室和花园的通道，取消了大幕，用灯光控制开闭幕，取得了独特的舞台效果。

剧院第三次排演《雷雨》是 2003 年。为庆祝剧院成立五十周年，特选了这出经典剧目。此次排演新老演员结合，大大压缩了台词，将原来三个多小时的话剧改为两个多小时。年轻的女导演朱艳铭在《导演的话》中说："虽然半个多世纪过去了，但曹禺先生的《雷雨》仍像金子一样闪烁着光芒……"

有幸的是，笔者在《雷雨》的三次演出中都扮演了鲁贵一角。1962 年演出时笔者尚年轻，饰演五十来岁的人物，在黑发中曾涂抹了几缕白发。而在 1999 年演出中，已经七十三岁的我，不得不把满头白发染成黑色，只在双鬓抹些白色。可见人生的变化有多么有趣，多么令人感慨。

回顾《雷雨》的演出，感慨万千，但我们应当首先感谢曹禺先生。在他谢世前不久，曾为河北戏剧刊物《大舞台》撰文《美丽的种子》，他表示，不相信话剧是"夕阳艺术"，中国话剧生命力的脚跟是坚定地站在中华民族的大地上的。

河北省话剧院演出《雷雨》剧照

我与《雷雨》有缘

邹 平

1999 年,一个偶然的机会,我去了上海市文联,担任《上海戏剧》主编。在编杂志、写剧评的同时,我内心深藏的创作欲望又悄悄萌生。2005 年,我与浙江京剧团团长翁国生合作,创作了小剧场京剧《红拂》。这个戏在浙江省获得了许多奖项。受到鼓励,我在这一年开始了话剧《雷雨后》的创作。2005 年恰好是抗日战争胜利六十周年,灵感突然在我脑子里闪过:《雷雨》是曹禺在 1933 年写的,那么十年之后的序幕和尾声描写的故事,岂不是在抗日战争爆发之后?那么,蘩漪、周朴园、侍萍、鲁大海、鲁贵在日本人打进来之后,又会怎样改变他们之间的关系呢?由此,我想为《雷雨》写个续集。我感兴趣的是,《雷雨》中活着的人们在生活中一定无法摆脱过去的噩梦,时时会回到过去,但日本人进了城,又迫使他们不得不面对残酷的现实,那么他们是怎么走到了《雷雨》的序幕和尾声中描写的境地呢?

没想到,剧本出来后迟迟未能演出,幸好上海剧本创作中心的朋友把它发表在内部刊物《上海剧稿》上,也算是对我的一种安慰。2010 年,天津市戏剧家协会、天津市剧本创作室、天津市群众艺术馆、曹禺故居纪念馆等联合举办纪念戏剧大师曹禺百年诞辰征集剧本活动,我偶然在网络上见到这则消息,马上想到了躺在抽屉里多年的话剧剧本《雷雨后》。抱着让天津同行提提意见的想法,我给他们发去了电子版剧本。我以为这件事就这么过去了,没想到有一天我从外面回到家，夫人很兴奋地告诉我，天津剧协的人打来电话，说我的剧本《雷雨后》获得了一等奖。我不信。夫人告诉我说：你不信，一会儿他还要打电话过来。果然，过了一会儿他打电话过来说了这次评奖的结果，邀请我去天津领奖。我以为一等奖大概有好几位，就说不去了吧，你把奖金和奖状寄过来就行了。他显然没有料到这一点，愣了愣说：我们这次剧本征集活动只设一个一等奖，我们不是谁都邀请来天津领奖的。我这才如梦初醒，赶快为自己的鲁莽道歉，问了对方的姓名，这才知道他是天津剧协的副主席、秘书长李鹏先生。不久，我坐火车来天津，在曹禺剧院领了奖，又参观了曹禺先生的故居。我在颁奖会上致答谢词说：天津是个伟大的城市，出了戏剧大师曹禺先生，我是借了曹禺先生的光，感谢天津的同行们对我的厚爱。我是用我的剧本向曹禺先生致敬。

我一直盼望能有剧团把《雷雨后》搬上舞台，但事与愿违，上海的话剧同行们对话剧《雷雨后》始终坚持不同的意见。幸好还有戏剧伯乐，上海市演出行业协会会长蔡正鹤先生把它介绍给上海勤苑沪剧团团长王勤女士，她很喜欢这个剧本，于是就有了一次合作，我把它改写成沪剧剧本，于2012年3月上演了。

写到这里，又想起两段往事。上小学五年级时，我家刚从上海郊区龙华搬到了市中心，每日上学我都要经过长江剧场。它的大门紧贴着马路，大门左边的墙上贴着演出海报，右边有一排玻璃橱窗，里面布置着正在上演的话剧剧照。我虽没钱买票进去看一场话剧，但每每被橱窗里的剧照所吸引。现在还记得那个橱窗里曾经贴出的剧照有曹禺先生的《雷雨》，还有《中锋在黎明前死去》《哈姆雷特》。它们激起一个少年无穷的想象。

“文革”初期，一次偶然的机会，我在废纸堆里捡到了一张话剧演出说明书。那是淡黄色的单页，是上海电影演员剧团演出的话剧《雷雨》，演员表上都是大名鼎鼎的电影明星，赵丹、白杨、张瑞芳等，不过最吸引我的,还是上面印着的一段不长的剧情说明。我反反复复看了不知多少遍,为那个悲剧伤心不已,但也不明白为什么会发生这样的事情,毕竟剧情说明太简单,给人留下太多的悬念……

也许,这便是缘分。曹禺先生的《雷雨》带我进入戏剧世界,使我与戏剧今生有缘。

我为《雷雨》做舞美设计

黄殿祺

20 世纪 60 年代，我在河北省话剧院担任舞台美术设计和编剧。1961 年,话剧院决定排演曹禺名剧《雷雨》。因为我是天津人,熟悉天津的民风民情及景观,鲁速、蔡松龄等院领导就指派我做舞美设计。

该戏导演是中戏毕业的张杜,剧院还特别请来中央戏剧学院何之安教授任艺术指导。我们在往返北京求教何教授的同时,还随从他看望了曹禺先生。当时我是第一次为《雷雨》做舞美设计,又最年轻,何教授和张杜导演就让我向曹禺先生请教并鞠躬敬礼,拜他为老师,以便更好地得到曹禺先生在艺术上的指导和帮助。当曹禺先生知道我是从天津出来考入河北省话剧院的,非常高兴,称我为小同乡,看了我为《雷雨》设计的舞美方案初稿,连声说:“好！好！”认为我的设计很有个性,对以往北京人艺等剧团上演过的《雷雨》的设计方案有一定突破,并一再鼓励我。

为了把《雷雨》话剧排好,剧院配备了较强的阵容,安排熟悉城市生活、艺术造诣深厚的老演员饰演主要人物,如孙树林饰周朴园,董丽华、吕中饰蘩漪,刘庚饰鲁贵,方瑞饰周萍,申芸饰侍萍,刘丽耘饰四凤等。在舞台美术方面,我按照导演的要求及曹禺老师的谈话,回到家乡天津认真地搜集资料。虽然从小就生活在天津，但这次回津后还是进行了有针对性的采风和寻访。

当时我家住在娘娘宫附近的宫北大街,从这里过金钢桥就到了河北区,然后步行到曹禺的故居民主道附近,再由此坐摆渡到河对岸的劝业场。曹禺老师和我谈过，他小时经常到河对岸劝业场附近的光明影院看连台电影，他创作《日出》陈白露生活的饭店，有当时天津一些上等饭店的痕迹，比如和平路和滨江道上的惠中饭店和交通饭店。

“老龙头”火车站

天津作为北方工商重镇，许多大企业都设在这里，比如开滦矿务局等，而出入万家的各色人中，就有矿务局的头头或买办，所以他们所谈论矿上的一些生活和情况是曹禺所熟悉的。曹禺老师曾对我说：“《雷雨》《日出》这两个戏的故事情节都是我天天看得见、看得到的亲戚、朋友以及社会上的事。周家是个大家庭，和我家有往来，但与事件毫无关系，只不过是借用了一下他们住在英租界一幢很大的、古老的房子的形象。”现今的泰安道一带是曹禺年轻时经常路过的地方，作为历史建筑至今还矗立着的开滦矿务局大楼、纳森旧居的花园洋房、小教堂，都是他熟悉的建筑。另外，曹禺老师还回忆道：“写鲁贵家取材于老龙头车站，一道铁栅栏以外的地方，过去那个地方很脏。”这些地方我都实地走访了一遍。

曹禺的戏剧创作离不开天津，离不开这里的人、这里的情、这里的景，他太了解天津了。经过这次走访，我的头脑中有了更直观的形象印痕，从而强化了设计理念，经过精心设计，几易其稿，终于画出有别于其他剧团演出《雷雨》时的舞台设计。譬如，为突出周公馆建筑的欧式风格（因周朴园曾在德国留学），在第一幕中门的两侧设计了一组镶在墙壁上摆放着古玩、瓷器的壁橱，墙壁上挂着一座古色古香的德式钟表,从而显露出主人的身份和爱好。在第三幕鲁家,则突出了贫穷破落的家境,正面屋顶一侧有个大斜角,搭建在邻居的房山上;房内有根柱子,支撑着斜顶,上面糊了许多旧报纸,靠墙的墙围子也糊着发黄的旧报纸,房屋四周显露出天津地道外臭水沟旁贫民窟的景象……

后来,《雷雨》成为河北省话剧院的保留剧目。做《雷雨》舞美设计那年,我才二十二岁。如今,光阴逝去五十余年,但往事却历历在目。

一本小人书引发的《雷雨》情

王文淑

第一次看见"雷雨"两个字时,我还是懵懂的少女。那时正值"文革",邻居高老师家一夜之间贴满了大字报,紧接着红卫兵抄家,在一堆书报中我发现了几本小人书,其中一本是《雷雨》。小人书是黑白色,记不清是电影版还是话剧版,书中周朴园叼着烟的傲慢神态,蘩漪幽灵般推开窗户的手和周萍穿着长衫开枪自杀的镜头深深印在我的脑海里。我曾幼稚地问过高老师,没见下雨,为什么叫雷雨?高老师说,外国有个《大雷雨》,中国有个《雷雨》都是了不起的剧作,内容深刻你现在理解不了。但我仍好奇地追问,什么叫剧作?高老师讲,就是舞台上演的话剧,从此我记住了话剧这个名词。

"文革"后我考入天津广播电视大学中文系,老师重点讲过《雷雨》课,使我对这部中国话剧史上的巅峰之作有了全面的认识。曹禺才二十多岁就写出如此辉煌的巨作,由此引发了我对话剧的神往。年轻气盛的我激情之下挥毫苦战,几天内写出了小戏《两个女人》,大胆地寄给《天津戏剧》杂志,1989 年第三期上竟发表了,而且在华北地区戏剧大赛中获得小戏二等奖。喜出望外啊,真要感谢《雷雨》,感谢曹禺大师,让我在事业的迷茫中找到了奋斗的方向。

更可喜的是,不久我有幸调入天津人民艺术剧院,看到了第四代演员排练演出的《雷雨》。没有比亲眼目睹演员在台上的精彩表演更过瘾的事了,每个演员都活生生站在你面前,一个眼神一个动作都自然地和少时看过的小人书中的形象碰撞,原来人物的塑造可以千变万化,有一百个演员就有一百个周朴园、一百个蘩漪、一百个周萍。这就是戏剧的魅力。当时我在剧院担任宣传干部,对九个主创人员写了《雷雨》众星谱,发表在 1997 年 11 月 22 日的《今晚报》上并配有照片。能评点演员的演技,是多么幸福的事情。事后剧院里一位老演员对我讲起第一代演员演出《雷雨》时的情景,那叫万人空巷啊,足见观众对《雷雨》的喜爱。

2011 年恰逢剧院成立六十周年,我有机会采访了第一代《雷雨》演出中仍健在的周朴园的扮演者肖林先生。八十多岁的肖老一起身,我的心一颤,他身材挺拔,目光深邃,声音洪亮。聊起周朴园,肖老滔滔不绝。1956 年他演周朴园时二十九岁,之前他在《龙须沟》里是个跑龙套的角色,是老院长赵路发现了他的才华。可以说演周朴园是他艺术上重要的转折点,正因为这个人物,确定了他在剧院演员队伍中的地位。肖老说,20 世纪 50 年代,排戏比较传统,《雷雨》是写实的现实主义,现实到什么程度呢,就连舞台上的布景都要有屋顶,因为话剧是在舞台上演出,是不需要再搭建屋顶的,搭屋顶很困难,但为了表现那时的现实主义的创作特点,按曹禺原著搭建一个屋顶是为了表现周家压抑、阴森的气氛和背景。此外,各种道具、舞台布景都很写实,道具里的家具都必须是那个年代的。内容也侧重表现鲁大海为代表的工人阶级形象,在排演上没有呈现太多曹禺原著中的人性思考和思想上的深刻,对周朴园基本是按罪大恶极的负面形象塑造的。为了赶进度,排练场设在人民剧场,吃住都在那。导演方沉要求演员剧本台词一个字不能错,甚至剧本中的感叹号、问号、句号都要表现出来。关于角色有一段插曲,最初让张孝禺演周朴园,肖林演大少爷周萍,两人都不愿意,跟导演商议后换了角色,这一换肖林放光彩了,观众纷纷夸奖,“这个角太亮了”。

为什么演得这么好?肖林说:“直接生活没有,间接生活有。”除了自己的家庭氛围外,诀窍是反复读原著,从里面挖东西,要搞清楚周朴园到底是个什么样的人。表面的仁慈掩盖不了内心的龌龊,要把台词外的戏演出来。

肖林始终把握周朴园威严的一面，这是他第一版演周朴园的处理，可恶可憎冷酷无情，对旧日的情人，对亲生儿子，对工人他没有一点人情味。这是20世纪50年代的演法，随着时代前进，从这个人物身上不断挖掘出新的含义。但在50年代，尽管肖林对周朴园有着自己的理解和认识，但无法改变什么。不过，不管怎么说，他演的周朴园让人们接受了。

《雷雨》在人民剧场上演后，引起社会轰动，一天一场，假日一天两场，观众夜里披着棉被排队买票，争相观看，连演数日，剧场门前张贴演员大幅生活照，转天就被观众揭走了，出现不少"追星族"。当时《雷雨》演出达三个多小时，中间有歇场，没有观众半截儿离去。演出完观众自发涌到后台与演员们交流，跟朋友一样亲切。在大街小巷都能听见群众对《雷雨》及演员的议论，津门掀起一阵《雷雨》热。

肖老说，《雷雨》的成功是多方面的，演职员们的敬业精神是保证演出质量的前提。每天七点半演出，演职员们五点多就到了后台化装做准备。那时换布景几十秒钟，没有声响，灯一黑，后面几个人准确快捷地撤前景，灯一亮，景就换好了，让观众感到非常神奇。每次装台换景不分演职员，大家一起动手。有一次，几个演员参加装台忙得满头大汗，一个领导来问："演员怎么没来啊？"演员齐刷刷地答："全来了。"领导感叹不已。那时的舞台设计，从布景、道具到服饰都是很讲究的，特别关于音响效果，值得一提。既然话剧叫《雷雨》，雷和雨是要突出的，后台为加强雷雨的效果，光大鼓就设了八个，几个人同时敲，有专人指挥，远声雷、近声雷、炸雷，电闪光也是人工做的。在四凤起誓那场戏，"就让雷劈死我"的台词一出，后台电闪雷鸣跟真的一样，令台下观众感到无比震撼，充分显示了舞美的实力。每天演出能不累嘛，可大家心里特别高兴。问及演一场得多少补助费？他伸出手指比划。

我问道："十五块？"

他笑了，摇头说："No，一角五分钱。"

《雷雨》是交响曲，震撼了一代又一代观众，也培养了天津几代话剧演员。

我与《雷雨》的一世情缘

丁小平

作为一个导演，能有机会三次导演曹禺先生的力作《雷雨》，应该说是我的荣幸。

方沉是我的丈夫，我们是随解放军解放天津进入这个城市的，同为文艺兵，同在天津人民艺术剧院从事导表演事业。可以说，《雷雨》与我们两个结下了不解之缘，这在我们的导演生涯中自始至终占据着重要的位置。

1956年，那时方先生还只是个文艺青年，就担任了天津人民艺术剧院《雷雨》演出的导演。自那时起，我们就开始了对《雷雨》的研习。《雷雨》公演的消息一经传出，半夜剧场售票处门前就排起了长龙，我们被深深地感动了。

1982年在天津人艺导演《雷雨》，我曾对传统做过一次勇敢的挑战，是第一个闯禁区的人，从此在全国的舞台上陆续出现了许多运用不同的解读方式、风格迥异的《雷雨》演出版本。而最令人难忘的是，能有机会向曹禺先生当面求教，聆听那弥足珍贵的指点。我从他那里获得了创新路上勇往直前的动力和坚持不懈的决心。

1997年天津人民艺术剧院实验剧场成立后，第一次公演剧目又是方沉导演的《雷雨》。这应该是另一个演出版本了，虽然全剧的演出风格趋于写实，但已与五六十年代有了很大的变化。舞美设计是朱彰先生，他打破了封闭式的结构，采用适应小剧场演出的风格景观，演员除了肖林仍饰演周朴园以外，其余均为剧院中青年台柱，每次演出都是一

天津人艺 2013 年版《雷雨》剧照

天津人艺 1982 年版《雷雨》剧照

次探索、一次提升。

方先生 2001 年辞世，离开了我们。2002 年的复排任务，落到了我的头上，剧院要求按照方沉导演的 1997 年《雷雨》演出版本，原汁原味地恢复写实传统——这是针对我那 1982 年的探索版《雷雨》而言。

于是我开始了与方沉的心灵对话，记得在《雷雨》演出的“导演的话”中我是这样陈述的：我们多年来都在探求，不想对《雷雨》作社会图解，也不想用伦理道德观念来展示（评价），我们希望通过演出能传达出在任何时代都能领悟到的、带有普世意义的东西——人性的被禁锢、被残害、被扭曲。尽最大可能接近原作，走进曹禺先生的初始，尽可能地利用多元的现代的表现手段，力求适应现代观众的审美需求。

我们做到了。这个版本的《雷雨》从2002年一直在京津公演，曾三进北大百年讲坛为我的母校演出，并于2013年为《雷雨》诞辰80周年在津举行的国际研讨会演出，获得专家好评。田本相先生对这一版本大为赞赏："这个版本的《雷雨》有独创有新意，表演体现了周朴园人性的复杂性，蘩漪的结尾也很震撼，艺术处理、人物解释是接近曹禺先生的原意的。"我想方先生也会为此动容。

2007年，天津音乐学院戏剧影视表演系聘请我导演的毕业剧目，选择的又是《雷雨》，于是我大胆地推出了青春版《雷雨》，可以说，完成了我想要探索第九个角色的宿愿，向曹禺先生交了一份有意思的答卷。

青春版《雷雨》是对第九个角色的再探索，是由神、人、魂共享舞台，一起来演绎这出人间悲剧，呈现了崭新的面貌。毕业生的演出受到热捧，专家们给予很高的评价。但对我来说，它仍给我留下了一个有待深入和完善的创作空间。我期盼在有生之年，能将它献给更广大的观众，他们培育了我，我理应报答他们。这是我们的一个梦想。